W0390785

Birgit Schlieper

Eine Macke kommt selten allein

Birgit Schlieper

Eine Macke kommt selten allein

cbt

Kinder- und Jugendbuchverlag
in der Verlagsgruppe Random House

MIX
Papier aus verantwortungsvollen Quellen
FSC® C014496

Verlagsgruppe Random House FSC® N001967
Das für dieses Buch verwendete FSC®-zertifizierte
Papier *Super Snowbright* liefert
Hellefoss AS, Hokksund, Norwegen.

1. Auflage 2015
© 2015 by cbt Verlag,
in der Verlagsgruppe Random House GmbH, München
Alle Rechte vorbehalten
Lektorat: Kerstin Kipker
Umschlaggestaltung: Geviert, Grafik & Typografie
Illustration: Sabine Völkers
he · Herstellung: kw
Satz: KompetenzCenter, Mönchengladbach
Druck und Bindung: GGP Media GmbH, Pößneck
ISBN: 978-3-570-16377-1
Printed in Germany

www.cbt-buecher.de

1.

Mir ist langweilig. Fürchterlich, grässlich langweilig. Diese Sommerferien nerven. Alle anderen sind im Urlaub – Timo ist mit seinen Eltern sogar nach Kalifornien geflogen. Der Angeber. Die letzten Tage vor dem Zeugnis hat er andauernd davon geschwärmt, in welche Freizeitparks er gehen würde. Und dass er auf einem Jetski fahren dürfte. Und natürlich gäbe es jeden Tag einen fetten Burger. Ich konnte es echt schon nicht mehr hören und habe mir vorgestellt, wie Timo nach all dem Fast Food ganz schwabbelig und aufgedunsen wiederkommt.

Ich gehe selber zum dritten Mal innerhalb von zwei Stunden am Kühlschrank vorbei. Es ist immer noch nichts drin, was mich interessiert. Ich würde jetzt sogar mit Fynn tauschen. Der ist in Österreich – mit seinen Eltern, seiner nervigen kleinen Schwester und seinem Opa. Selbst da ist es bestimmt spannender als hier.

Vielleicht sollte ich mir einen Arm oder ein Bein brechen. Dann käme ich ins Krankenhaus. Da darf man den ganzen Tag fernsehen. Oder? Und da wären andere Kinder. Wir könnten Rollstuhlwettrennen veranstalten. Wie kompliziert muss man sich wohl ein Bein brechen, damit man wirklich im Krankenhaus bleiben darf und nicht einfach mit Gips nach Hause geschickt wird? Ich entscheide mich gegen den Bruch. Der Plan erscheint mir doch zu riskant.

Ich sehe den Schatten zu spät – Fell erwischt mich mit ihren Krallen am Hals, ehe sie wieder auf den Schrank springt. Wie immer guckt sie mich danach triumphierend an. Ich schwöre es, diese Katze kann richtig gemein grinsen. Sie liebt es, mich aus dem Hinterhalt anzuspringen und zu zerkratzen.

Ich habe sie »Fell« getauft, dabei würde »Monster« oder »Nervensäge« viel besser passen. Sie denkt sich permanent neue Gemeinheiten aus. Letzte Woche hat sie sogar im Badezimmer hinter der Wäschebox gelauert, bis ich aus der Dusche kam. Meinen Rücken hat sie erwischt und von oben bis unten mit ihren messerscharfen Krallen aufgeschlitzt.

Ich starre sie an und sie starrt vom Schrank zurück. »Irgendwann erwische ich DICH«, zische ich ihr zu. Sie fängt an, sich zu putzen.

»Du wäschst dich mit deiner eigenen Spucke. Bäh!«, sage ich laut. Sie ignoriert mich arrogant. Dabei ist sie auch noch hässlich. Ihr Schwanz ist halb weg, und wir wissen nicht, wie das passiert ist. Sie wurde schon so deformiert bei meinem Vater abgegeben. Ihr Rest-Schwanz steht hoch wie eine Antenne. Wie bei einem ferngesteuerten Auto. Ich würde sie zu gerne im Kreis laufen lassen. Manchmal frage ich mich, wie man nur so demoliert und trotzdem so eingebildet sein kann.

Dabei ist diese verstörte Katze einer der Gründe, warum ich diese ganzen verflixt langen Sommerferien zu Hause verbringen muss.

Ein anderer Grund heißt Walter. Walter ist ein Papagei und hat ein Sprachproblem. Nein. Ein Sprachproblem hat er eigentlich nicht. Er spricht sehr gut. Er hat ein Vokabular-Problem. Sein gesamter Wortschatz besteht aus Schimpfwörtern. Ich weiß wirklich nicht, wo der vorher gewohnt und all diese Worte gelernt hat. Immer wenn man ins Wohnzimmer kommt, wo sein riesiger Käfig steht, wird man mit einem Schwall von Beleidigungen begrüßt. »Idiot«, »Volltrottel«, »Taube Nuss« ertönt es sofort. Und das sind noch die harmlosen Titulierungen.

Der dritte Grund, warum wir in den Ferien zu Hause bleiben, ist Leon. Leon sitzt in einem Terrarium und macht nichts. Dabei ist er ein Chamäleon und müsste etwas machen, nämlich die Farbe ändern. In grünem Gras müsste Leon grün werden, auf beigem Sand müsste er sich beige verfärben. Das machen normale Chamäleons, um sich zu schützen. Nicht so Leon! In der freien Natur wäre der Gute völlig schutzlos jedem Feind ausgeliefert. Ich glaube ja, dass Leon einfach nur farbenblind ist, mein Vater glaubt, dass es sich um einen genetischen Defekt handelt. Leon sitzt den lieben langen Tag regungslos unter seiner Wärmelampe. Ganz selten frisst er was. Ach ja, ab und zu häutet er sich auch. Dann muss ich die alte, abgestorbene Haut aus dem Terrarium holen und wegwerfen. Super spannend! Mein Vater war es, der alle diese merkwürdigen Kreaturen angeschleppt hat. Er ist Tierarzt, aber wohl ein bisschen zu gutherzig …

Ich finde es ja eigentlich ganz okay, dass mein Dad so lieb ist und sich der Kreaturen annimmt, die keiner mehr will. Ich mag Tiere grundsätzlich auch. Was ich aber absolut nicht okay finde, ist, dass wir deswegen jetzt hier in den Ferien versauern! Natürlich findet sich niemand, der diesen komischen Hauszoo beaufsichtigen möchte. Kann ich verstehen. Wer hat schon Spaß daran, sich zerkratzen und beschimpfen zu lassen und ein Chamäleon zu pflegen, von dem man nicht sicher sagen kann, ob es noch lebt?

Na ja, und es gibt noch ein weiteres Tier. Ein Hängebauchschwein mit dem Namen Piggy. Es gehört mir. Ich habe Piggy letztes Weihnachten auf der großen Tombola in der Schule gewonnen. Ich wollte das Mountainbike. Deswegen hatte ich von meinem Taschengeld drei Lose gekauft. Ich wollte kein Schwein. Natürlich nicht. Meine Eltern fanden das total lustig, und ich musste Piggy an einer Leine nach Hause führen, wo sie direkt vor unsere Haustür gekackt hat. Es war so peinlich! In den Wochen danach haben mich alle nur »Schweinchen Schlau« genannt. Auch weil mein Vater mich gezwungen hat, regelmässig mit der Schweinedame spazieren zu gehen. So ein Tier brauche Bewegung und Abwechslung, meinte er. Ich habe natürlich versucht, mich unauffällig in den Wald mit ihr zu schleichen, weil ich niemanden treffen wollte. Aber irgendjemand hat mich doch immer mit dem Schwein im Schlepp gesehen. Die Sprüche in der Schule waren echt richtig blöd. »Schweinepriester« war noch das netteste.

Lustlos gehe ich in die Garage und schnappe mir mein Fahrrad. Nach einer halben Stunde schaffe ich meinen ersten Wheely. Ich starte nur auf dem Hinterrad, das Vorderrad halte ich in der Luft. Nach einer weiteren halben Stunde bin ich wieder zu Hause. Mit einem völlig aufgeschürften Arm und einem verstauchten Knöchel. Bei dem dritten Wheely habe ich wohl zu fest in die Pedale getreten und bin gleich hintenübergekracht.

Jetzt ist mir wieder langweilig. Und mein Arm und mein Fuß tun weh. Ich setze mich auf die Fensterbank meines Zimmers, lasse die Beine baumeln und starre ins Nichts. An den Computer darf ich nicht. Ich habe meine Daddelzeit schon aufgebraucht. Ich habe eine Stunde Medienzeit am Tag – eine halbe Stunde Fernsehen und eine halbe Stunde Computer. Eine HALBE Stunde. Ich bin sicher, jeder Erstklässler darf länger am Computer spielen. Das einzig Gute: Meine Mutter ist ein bisschen chaotisch und vergisst manchmal, dass ich meine Medienzeit schon aufgebraucht habe.

Ich lausche. Erst ist das komische Geräusch kaum zu hören. Doch es wird immer lauter. Es ist so ein metallisches Scheppern. Es nähert sich und ich bekomme langsam eine ganz ungute Vorahnung. Ich schaue aus dem Fenster und habe die Gewissheit. Ich mache kurz die Augen zu und wünsche mir so sehr, dass das nicht wahr ist. Dass ich eine schlechte Halluzination habe. Habe ich aber nicht. Ich mache die Augen auf und meine Mutter steht immer noch da auf der Straße. Mit einem verrosteten Einkaufswagen. Sie strahlt mich von unten an. »Guck mal, Paul, was ich gefunden habe«, ruft sie. »Ist der nicht super? Da mache ich ein ganz tolles Objekt draus.«

Ich nicke nur. Ein ganz tolles Objekt.

Immer wenn meine Mutter sagt, sie plant ein neues tolles Objekt, bekomme ich Angst. Sie macht fürchterliche Dinge. Sie nennt das »Kunst«. In unserem Vorgarten liegt ein Ding aus Stein und Stahl, das wie ein Meteorit aussieht. Ein Meteorit, den keiner haben will.

Überall bei uns im Haus stehen und liegen merkwürdige Teile. In der Küche steht ein Betonklotz, der mit komischen Gedichten beschrieben ist. Und mein Bett ist eine Konstruktion aus alten Holzdielen.

Ich sehe, wie meine Ma mit verliebtem Blick diesen rostigen Wagen begutachtet, und ich weiß jetzt schon, dass es kein Mittagessen geben wird. Sie wird es vergessen. Ganz klar. Wenn sie in ihrer Kunstwelt ist, vergisst sie alles.

Sie ist schon mal auf einem Elternsprechtag erschienen und hatte noch die Schweißerbrille um den Hals baumeln. Ich meine: Da kann ich ja gleich mit Piggy in die Schule gehen!

Nein, ich liebe meine Mutter. Echt. Aber sie ist manchmal einfach peinlich. Auf der anderen Seite macht sie die allerbesten Geburtstagspartys der Welt. Letztes Jahr haben wir bei uns im Garten gezeltet und nachts eine Wanderung gemacht. Um Mitternacht gab es ein kleines Feuerwerk. Danach noch ein bisschen Ärger mit der Feuerwehr. Die ist wirklich mit Blaulicht und Sirene erschienen. Das war echt cool!

In diesem Jahr wollen wir einen Film drehen und hinterher auf Youtube stellen. Meine Mutter und ich sind uns über die Handlung noch nicht ganz einig. Ich fände ja eine Verfolgungsjagd super. Quer durch die Stadt auf Skateboards. Ich habe schon ein paar Stunts einstudiert. Oder ich mache einen Wheely. Es muss wild und gefährlich aussehen. Vielleicht werden wir ja richtig berühmt damit. Meine Mutter möchte lieber was mit einem unheimlichen Kunstobjekt machen, das geheimnisvolle Kräfte hat. Sie steht auf so Fantasy-Quatsch. Außerdem will sie natürlich ihre komischen Objekte in meinen Film schmuggeln. Nur über meine Leiche! Soll sie doch ihren eigenen Geburtstagsfilm drehen.

Ich schlendere in die Küche. Mein Magen knurrt schon leicht. Ich werfe vier Hände voll Spaghetti in einen Topf Wasser und stelle die Platte auf zehn. Im Küchenschrank finde ich ein Glas Tomatensoße und eine Dose eingelegter Früchte. Ich schütte alles in einen weiteren Topf und mache es auch heiß. Ich spüre, dass Fell mich von irgendwo beobachtet. Ehrlich, manchmal spüre ich den Blick dieser durchgeknallten Katze wie einen Nadelstich auf meinem Rücken. Ich drehe mich blitzschnell um und fauche laut. Manchmal hilft das. Im dem Fall allerdings nicht. Meine Mutter steht im Türrahmen und guckt mich überrascht an.

»Hast du mich angefaucht?«, fragt sie erstaunt.

»Ich dachte, du wärst Fell«, antworte ich.

»Und wieso fauchst du die arme Katze an?«, will sie jetzt natürlich wissen.

»Weil sie mich tyrannisiert! Das habe ich dir schon tausend Mal gesagt! Sie lauert mir auf und springt mich dann an. Und dabei lacht sie. Man kann es nicht wirklich hören. Aber sie lacht. Glaub mir. Es macht ihr Spaß, mich zu quälen.«

Meine Mutter legt den Kopf leicht schief und nickt nur. Ich sehe an ihrem Blick, dass sie in Gedanken schon wieder ganz woanders ist. Ich hätte ihr gerade mitteilen können, dass ich mich für die Marsmission beworben hätte und gleich ein Taxi kommen würde, um mich abzuholen. Um vier würde mein Flug nach Cape Canaveral gehen und, ach ja, vom Mars gäbe es ja kein Zurück. Ich würde mich dann jetzt also endgültig von ihr verabschieden müssen. Ich schwöre, sie hätte dann genauso genickt.

»Wie fändest du es, wenn ich an dem Einkaufswagen die Rollen oben anbringen würde? Das würde doch echt witzig aussehen, oder?«, fragt sie mich unvermittelt.

»Oder du nimmst Piggy damit zum Einkaufen, wenn sie zu alt und schwach ist, um noch selber zu laufen«, schlage ich vor. Sie nimmt das Schwein nämlich tatsächlich immer zum Einkaufen mit!

»Keine schlechte Idee«, findet sie.

Das war eigentlich ein Witz von mir. Ich schütte das Nudelwasser ab und vermische die Spaghetti mit dem Tomaten-Früchte-Mix.

»Was isst du da?«, erkundigt sich meine Mutter neugierig.

»Eigenkreation«, antworte ich mit vollem Mund.

»Darf ich?«, sagt sie und nimmt sich auch eine Portion.

Manchmal frage ich mich wirklich, ob in unserer Familie die Rollen richtig verteilt sind.

Für den Nachmittag habe ich mir Folgendes vorgenommen:

1.) Mamas neues Süßigkeitenversteck zu finden

2.) Oma Lise eine Karte schreiben und zu fragen, ob sie sich finanziell an einem iPad beteiligen möchte

3.) Unter meinem Bett aufzuräumen, ehe meine Mutter die Ansammlung von Klamotten und Schokopapier findet, sich wieder aufregt und auf die Idee kommt, meine Medienzeit noch mehr zu kürzen

Mit dem Drei-Punkte-Programm bin ich allerdings schon um drei Uhr fertig (das neue Süßigkeitenversteck meiner Mutter ist ein leerer Blumentopf oben auf dem Küchenschrank). Die Karte ist geschrieben (»Hallo Oma, wie geht es dir? Möchtest du mir nicht Geld für ein iPad geben? Ich brauche das für die Schule. Dringend. Sonst bleibe ich vielleicht sitzen. Liebe Grüße, dein Paul«), und unter dem Bett liegt nichts mehr. Da habe ich sogar noch eine angefangene Packung Kaugummis gefunden. Kaugummi kauend sitze ich also wieder auf der Fensterbank und gucke meiner Mutter zu, die den Einkaufswagen mit Pappmaschee einkleistert.

2.

Ich könnte natürlich auch jetzt schon mal einen Film drehen. Über diese unzumutbaren Ferien. Und wie heldenhaft ich die überstehe. Im Arbeitszimmer finde ich den Camcorder. Ich richte die Linse auf mich und sage ganz sachlich: »Guten Tag. Ich bin Paul und das ist mein Leben.« Ich stoppe die Aufnahme und gehe ins Wohnzimmer, wo Walter mich mit »Rotzlümmel«, »Blöder Affe« begrüßt. Ich zoome ihn heran. Er sieht wirklich fast wütend aus. Er hüpft auf die andere Stange. »Vollpfosten« tönt es laut. Ich spreche direkt ins Mikro: »Das ist Walter. Außer Schimpfwörtern kann er nichts sagen.« Ich gehe ins Nebenzimmer zu Leon.

»Darf ich vorstellen? Das ist Leon, unser farbenblindes Chamäleon. Sehen Sie selbst«, sage ich deutlich. Danach hänge ich verschiedene T-Shirts von mir, die ich extra ausgesucht habe, hinter den Käfig. Ein giftgrünes, ein rotes, ein hellblaues. Leon macht wie immer: nichts. Er bleibt einfach grau.

Fell finde ich auf der Couch. Ich schleiche mich langsam ran, der Camcorder läuft. Ich weiß, dass sie nicht schläft. Sie tut nur immer so. »Das ist Fell«, flüstere ich, »die Tollwut auf vier Pfoten.« Als hätte sie genau verstanden, was ich gesagt habe, springt sie mir ans Bein und klammert sich durch die Jeans in meiner Haut fest. Ich schreie auf, versuche sie abzuschütteln. Die Aufnahmen sind natürlich total verwackelt, aber das macht alles noch dramatischer.

Anschließend filme ich noch den Rest der interessanten Nudelmahlzeit im Topf und dann Piggy, die sich gerade im Dreck suhlt.

Ich schaue mir das Ergebnis an. Und mir wird klar: Wenn ich das auf Youtube stelle, bekomme ich ein eigenes Spendenkonto oder so. Die Leute werden entsetzt sein. Ab diesem Zeitpunkt würde auf meiner Stirn »Loser« stehen.

Ich muss das alles sofort wieder löschen.

Ich werfe den Camcorder aufs Bett. Mist. Ich hatte mir schon vorgestellt, wie ich jeden Tag einen kleinen Film über mich hochlade und immer mehr Fans bekomme.

Aber wahrscheinlich wäre das dann irgendwann auch anstrengend. Ich würde auf der Straße angesprochen. Müsste Autogramme geben. Nervige Mädels würden mich anhimmeln. Das ist doch auch lästig. Und ganz bestimmt würden wir mit Sperrmüll zugeworfen, weil alle denken würden, meine Mutter könnte den gebrauchen. Nein, danke!

Ziemlich genervt schnappe ich mir meinen Fußball und gehe auf die Straße. Wir wohnen in einer Seitenstraße, hier ist kaum Verkehr. Ich suche mir ein paar größere Steine und verteile sie auf dem Asphalt. Anschließend dribbele ich um sie herum. Ich hatte mir vorgenommen, in den Sommerferien meine Technik zu verbessern. Ich bin nicht so gut im Kicken. Ehrlich gesagt bin ich so schlecht, dass bei der Mannschaftswahl sogar die Mädchen vor mir ausgewählt werden. Wahrscheinlich liegt mein Nulltalent daran, dass ich Fußballspielen ziemlich blöde finde. Ich laufe nicht gerne hinter dem Ball her. Ich werde nicht gerne von hinten umgetreten. Ich schwimme gerne, ich mache vom Fünfmeterbrett eine perfekte Arschbombe, ich finde Klettern auch klasse. Das sind eher so Sportarten, die ich mag. Aber die anderen wollen andauernd kicken. Also muss ich darin besser werden. So schwierig kann das ja nicht sein! Als ich gerade auf dem Rasen des Vorgartens Fallrückzieher übe, biegt ein ziemlich großer Lkw in unsere Straße ein. Ich muss mich beeilen, die großen Steine von der Fahrbahn zu räumen.

Der Lkw fährt an mir vorbei und bleibt stehen. Der Motor geht aus. »Steiner-Umzüge« lese ich auf der Seitenwand. Und plötzlich bin ich hellwach. Sind das unsere neuen Nachbarn? Vor ein paar Monaten war die kleine Oma von nebenan ausgezogen. Seitdem hatte das Haus leer gestanden. Jetzt hält dieser riesige Umzugswagen davor. Der Fahrer und zwei andere Männer sind mittlerweile ausgestiegen und haben sich Zigaretten angesteckt. Offenbar warten sie auf irgendjemanden oder irgendwas. Ich warte mit. Um nicht auch blöd in der Gegend zu stehen (und natürlich kann ich mir jetzt schlecht auch eine Zigarette anstecken), versuche ich Kopfbälle gegen die Hauswand. Ich will ja nicht gerade bei einem verunglückten Fallrückzieher auf dem Rücken liegen, wenn unsere neuen Nachbarn kommen. Ich muss fast eine halbe Stunde mir den Kopf dusselig trainieren, bis ein Auto vorfährt. Ich bin so überrascht, dass ich den Ball nicht auf den Kopf bekomme, sondern direkt ins Gesicht. Ich gehe prompt zu Boden, vor meinen Augen wird es ganz bunt. Als ich endlich wieder aufgestanden bin, sehe ich noch drei Personen ins Haus gehen. Einen sehr großen Mann, eine sehr blonde Frau und einen Jungen mit einer coolen Frisur. Kurz und mit viel Gel. So hätte ich die Haare auch gerne. Aber meine Haare sind lang. Nein, nicht richtig lang. Länger als kurz eben. Meine Mutter mag das so. Sie findet kurze Haare bei Jungs einfach nicht gut. Also habe ich eben eine »Mädchenfrisur«, wie meine Oma es nennt. Mir ist es nicht wichtig genug. Und solange meine Ma mich nicht zwingt, mir einen Zopf zu machen, ist es schon irgendwie okay.

Ich starre weiter auf das Nachbarhaus. Wie cool, dass da jetzt ein Junge einzieht. Er muss so ungefähr in meinem Alter sein. In unserer Straße wohnen ansonsten nur alte Menschen, außer einer Familie, die zwei sechsjährige Mädchen namens Emma und Mia hat. Diese Zwillinge sind noch schlimmer als gar keine anderen Kinder in der Gegend. Ehrlich! Das sind die größten Nervensägen, die ich je erlebt habe. Eigentlich kann man die nur mit Kopfhörer und Sonnenbrille überleben. Erstens blinkt es überall an denen. Unter den Schuhen, in den Haaren, in den Jacken: Überall haben sie so alberne bunte Lämpchen. Praktisch, wenn man die mal im Dunklen suchen muss. Dazu kommt, dass diese Mädchen irre laut sind. Entweder sie singen in den schiefsten Tönen oder sie heulen. Weil sie einen Stein im Schuh haben, weil ihr Lieblingshaargummi gerissen ist oder auch nur mal so aus Langweile. Als die frisch in unsere Straße gezogen waren, musste ich die mal mit meiner Mutter besuchen. Ich musste eine ganze Stunde in einem Kinderzimmer sitzen, in dem ALLES rosa war.

Aber jetzt wohnt also auch ein Junge in der Nachbarschaft. Wie blöd, dass ich ihn nicht von vorne gesehen habe. Aber er wird ja wohl bald wieder rauskommen. Denke ich.

Doch er kommt nicht. Bis um sieben Uhr am Abend tragen die drei Männer aus dem Lkw pausenlos Kartons und Möbel ins Haus. Der Sohn bleibt unsichtbar. Wo ist der? Ist der krank und musste gleich ins Bett? Ich beobachte, wie ein cooles Mountainbike ausgeladen wird. Geil. Kurz entschlossen hole ich mein Bike wieder vor und fahre vor dem Haus auf und ab. Wenn er mich biken sieht, bekommt er vielleicht auch Lust. Immer wieder muss ich den Umzugshelfern ausweichen. Auch die Eltern pendeln zwischen Haus und Lkw. Nur ihr Sohn hat offenbar Besseres zu tun. Ich drehe weiter meine Runden, klingle immer mal wieder. Nach einer halben Stunde bin ich total groggy und hole mir in unserer Küche erst mal was zu trinken. Als meine Mutter reinkommt, meckert die noch nicht mal, dass ich das Wasser direkt aus der Flasche trinke. Sie scheint durch mich durchzusehen.

»Alles in Ordnung?«, frage ich vorsichtig.

Sie guckt mich erstaunt an. Als hätte sie mich jetzt erst wirklich erkannt. »Ja, ja. Ich überlege nur gerade, wo wir das neue Objekt hinstellen. Das Pappmaschee ist ja nicht regenfest und daher leider nicht für den Garten geeignet. Vielleicht wäre es oben im Flur ganz hübsch.«

Ich verdrehe die Augen. Dann würde ich andauernd an diesem verunstalteten Einkaufswagen vorbeikommen. Und jeder, der mich besuchen käme, würde es sehen. Wie peinlich.

u könntest es auch für die schmutzige Wäsche vor Waschmaschine stellen. Dann müsstest du dich t immer bücken«, entgegne ich spontan.

ie guckt mich überrascht an. »Vielleicht gar keine hlechte Idee«, findet sie zögerlich.

Ich versuche es draußen jetzt mit dem Skateboard. Wenn ich damit den Bürgersteig runterkrache, ist das definitiv lauter als Radfahren. Das muss er hören. Ich bin einfach so irre neugierig. Vielleicht ist der ja echt nett. Vielleicht findet der ja auch Fußball kacke. Und wahrscheinlich fahren die auch nicht mehr in die Sommerferien, so direkt nach dem Umzug. Da könnte ich coole Fahrradtouren mit ihm machen. Oder vielleicht dürften wir sogar unten am Fluss zelten. Ich hatte meinen Eltern vorgeschlagen, wenigstens ein paar Tage zu zelten, damit ich auch so eine Art Urlaub habe. Sie hatten es natürlich verboten. Alleine dürfte ich das auf gar keinen Fall. Aber zu zweit?

Von meinem neuen Nachbarn ist immer noch nichts zu sehen. Meine Laune ist mittlerweile ziemlich im Keller. Was soll ich denn noch machen? Vielleicht wirke ich ja zu sportlich, wenn ich hier die ganze Zeit wie ein Irrer auf Rollen und Rädern unterwegs bin? Wild entschlossen gehe ich zu unserem kleinen Schweinestall und schnappe mir Piggy. Die sieht richtig erstaunt aus, als ich ihr das Halsband anlege. »Komm, Piggy, wir drehen noch eine kleine Runde«, ermuntere ich si startet direkt durch. Ich habe echt Mühe, mit Schwein mitzuhalten. »Nicht so schnell«, brüll immer wieder, während ich hinter ihr herrenne. der Straße angekommen, biegt sie natürlich spontan die falsche Richtung ab. Es dauert ein paar Meter, b ich sie zum Umkehren bewegen kann. Und so laufen wir endlich vor dem Nachbarhaus vorbei. Ein Mal, zwei Mal, drei Mal. Und dann bleibt dieses blöde Schwein direkt vor dem Haus stehen und macht einen dicken Haufen auf die Straße.

Einen richtig dicken Haufen. Ich bin ein bisschen beeindruckt. Vor allem aber ist es peinlich. Im Schweinsgalopp bringe ich Piggy wieder in ihren Stall und spritze die Sauerei dann mit dem Gartenschlauch in den Gully. In diesem Moment bin ich ganz froh, dass der unbekannte Typ noch nicht aufgetaucht ist.

Und plötzlich ist es mir ganz klar. Dass ich da nicht eher draufgekommen bin! Dieser Junge ist wahrscheinlich gar nicht der Sohn unserer neuen Nachbarn. Der wurde entführt! Das sind nämlich nicht seine Eltern, sondern ein hochkriminelles Paar. Bestimmt haben sie das Haus nur kurzfristig unter falschem Namen angemietet, um den Jungen zu verstecken. Der sitzt wahrscheinlich die ganze Zeit angekettet im Keller. Das ominöse Paar wartet nur, bis das Lösegeld gezahlt wird, und dann sind sie weg. Und was passiert dann mit dem Jungen? Ob sie ihn einfach angekettet und gefesselt zurücklassen? Oder lassen sie ihn wirklich frei? Und warum ziehen die mit so vielen Kartons und Möbeln ein, wenn sie nur kurz bleiben wollen? Womöglich ist das nur Tarnung. Oder sie machen sich darauf gefasst, dass es länger dauert. Vielleicht haben die Eltern die Lösegeldzahlung verweigert.

3.

Als mein Vater nach Hause kommt, setze ich mich sofort neben ihn.

»Papa, woran erkennt man, dass jemand entführt worden ist?«

Er zieht die Augenbrauen hoch. »Willst du entführt werden oder selber jemanden entführen?«, fragt er.

»Im Ernst. Wie kann man feststellen, ob ein Kind entführt wurde?«

»Erstens: Das Kind ist nicht mehr da, wo es sein sollte. Und zweitens: Es wird Geld gefordert dafür, dass das Kind wieder da hinkommt, wo es sein sollte. Warum willst du das wissen?«

»Wenn jemand den ganzen Tag im Keller sitzt, ist es doch sehr wahrscheinlich, dass er entführt wurde und gefangen gehalten wird, oder?«

»Als deine Mutter ihre komische Phase mit den afrikanischen Wandmalereien hatte, steckte sie auch den ganzen Tag im Keller. Erinnerst du dich?«

Ich schlage die Hände vors Gesicht. Und wie ich mich

erinnere. Tagelang hat meine Mutter da unten gehockt und hat gemalt und gepinselt und gezeichnet. Und danach sah alles nach Kindergarten-Farb-Amok aus. Immerhin hat sie das selber eingesehen und danach alles wieder weiß gestrichen.

»Was war mit meinen Wandmalereien?«, will meine Mutter, die urplötzlich hinter mir steht, wissen.

»Wir reden eigentlich darüber, woran man Entführungsopfer erkennt«, beruhigt mein Vater sie gleich. Meine Mutter beugt sich zu mir runter und flüstert: »Wenn du ein Telefonat belauschst, in dem einer sagt: ›Deponieren Sie die Tasche mit den drei Millionen in einem Schließfach am Flughafen, dann lasse ich die Geisel frei‹, dann kannst du ziemlich sicher sein, dass es sich um eine Entführung handelt. Hast du so etwas gehört?«

Ich schüttele den Kopf. »Natürlich nicht«. Meine Mutter ist manchmal so fürchterlich dramatisch. Und albern auch.

»Schade«, sagt sie nur und schenkt sich ein Wasser ein.

Mir wird klar, dass meine Eltern keine Hilfe sind.

Ich muss den Jungen von nebenan alleine befreien. Ich lege mir einen Plan zurecht. Erst mal: Lage checken. Ich muss mir einen Überblick verschaffen. Ist der Junge im Keller? Auf dem Dachboden? Erst, wenn ich das weiß, kann ich einen Rettungsplan erarbeiten.

Direkt nach dem Abendbrot gehe ich rüber. Ich habe mir sogar eine saubere Hose ohne Löcher angezogen und die Haare gekämmt. Die Frau öffnet mir nach dem ersten Klingeln.

Ich habe meinen Text zu Hause im Bad ganz professionell vor dem Spiegel geübt.

»Guten Abend. Mein Name ist Paul. Ich wohne nebenan. Ich würde gerne mit Ihrem Sohn spielen.« Während ich das sage, schaue ich an ihr vorbei in den Flur. Außer Kartons kann ich nichts entdecken.

Ich habe drei Varianten durchgespielt, was sie antworten könnte: ›Ich habe gar keinen Sohn.‹ LÜGE. ›Mein Sohn ist gerade nicht da.‹ LÜGE. ›Wir möchten keinen Besuch.‹ ALARM! Doch die blonde Frau sagt nichts davon. Sie lächelt mich nett an und ruft dann nach oben. »Jakob, du hast Besuch. Ich schicke ihn hoch.« Dann guckt sie mich an und sagt. »Geh hoch, oben die erste Tür rechts.«Verdattert gehe ich die Treppe nach oben. Die Tür oben rechts ist zu. Wieso macht dieser Jakob nicht auf? Oder war das eine Finte? Sitzt besagter Jakob mit einem Knebel im Mund und einem Seil um Hand- und Fußgelenke im Keller? Wer ist dann hinter dieser *Tür oben rechts*? Vielleicht ihr Mann? Mit einer Pistole?

Mist. Ich hätte meinen Eltern sagen sollen, wohin ich gehe. Ich hätte ihnen sagen sollen: Wenn ich in einer

Stunde nicht zurück bin, ruft die Polizei oder den Geheimdienst oder so.

Da fällt mir was ein: Ich drehe mich noch mal um und schreie hinunter: »Übrigens, viele Grüße von meinen Eltern. Die haben mir auch gesagt, dass ich nicht so lange bleiben darf.«

So. Jetzt denkt die Frau zumindest, dass meine Eltern wüssten, wo ich bin. Also können sie mir nichts tun. Hoffe ich.

Ganz langsam drücke ich die Türklinke runter und stecke meinen Kopf vorsichtig rein. Kein Mann mit Pistole. Ein Junge. Dieser Junge sitzt mit dem Rücken zu mir an seinem Schreibtisch umringt von Kartons und Regalbrettern und liest offenbar. Wieso dreht der sich nicht um? Hat der eine schlimme Gesichtskrankheit? Vorhin habe ich ihn ja auch nicht von vorne gesehen. Vielleicht hat er keine Nase oder drei Augen.

»Hi, ich bin Paul. Ich wohne nebenan«, sage ich zu dem Rücken.

Ganz langsam dreht dieser Jakob sich zu mir um. Ich bin fast enttäuscht. Nase in Ordnung, Augen hat er zwei. Er sieht einfach total normal aus.

»Hi«, bringt er irgendwann raus. Mehr nicht.

Ich gucke mich um. »Hast ja noch viel auszupacken.«

»Hm«, stimmt er zu.

»Ich habe dein Mountainbike gesehen. Echt cool. Vielleicht können wir ja mal zusammen fahren?«

»Mmh«, ist seine Meinung dazu.

Vielleicht hat er keine Zunge und kann außer diesen Tönen nichts sagen. Seine Mutter klopft kurz an, steht dann mitten im Zimmer. Genauso macht das meine Mutter auch. Sie klopft an, wartet aber überhaupt nicht ab, ob man »Herein« oder so etwas sagt. Warum klopfen Mütter dann? Ewiges Rätsel der Menschheit. Seine Mutter hat eine große Schüssel in der Hand.

»Ich habe in unserem Chaos zumindest eine Tüte Chips gefunden.« Damit stellt sie ungefähr ein Kilo Kartoffelchips auf den Boden. »Nett von Paul, dass er dich besucht, oder?« Sie strahlt und kriegt sich gar nicht mehr ein. Ihr Sohn sagt original nur »Ja, ja«.

Spinnt der? »Ja, ja« heißt so viel wie: »Mir doch egal« oder »Lass mich in Ruhe«. Seine Mutter überhört das einfach, zwinkert mir zu und geht. Das würde ich am liebsten auch tun. Allerdings liebe ich Chips. Und bin auf Entzug. Also nehme ich mir gleich mal eine Handvoll und frage dann aus Höflichkeit. »Woher kommst du denn?«

Er guckt ganz knapp an mir vorbei und sagt dann »Kölnköln«.

Klingt für mich irgendwie dänisch oder finnisch.

»Wo ist das denn?«, hake ich nach.

Ich sehe, wie er schluckt. Dabei hat er gar keine Chips im Mund. »Am Reinrein«.

Der verarscht mich doch.

Doch plötzlich dämmert es mir. Kölnköln am Reinrein.

Ich frage vorsichtig nach. »Meinst du vielleicht Köln am Rhein?«

»Sag ich doch-doch.«

Ich muss total kichern. »Hast du ein Echo verschluckt? Warst du zu lange in den Bergen oder was? Klingt ja lustig.«

Er guckt mich völlig überrascht an. Seine Augen werden ganz groß. Dann grinst er auch.

»So ähnlich«, sagt er schließlich. Mehr nicht.

Erst mal bin ich beruhigt. Offenbar ist er nicht entführt worden und wird auch nicht mit Gewalt hier festgehalten. Dafür hat er allerdings einen ziemlichen Hau. Das wiederum beunruhigt mich ein bisschen.

»Was genau hast du?«

Er verdreht die Augen. »Eben einen Tick-Tick.«

Ich muss echt lachen. Tick-Tick. Das ist wirklich komisch. »Du wiederholst einfach immer das letzte Wort?«

»Nicht immer-immer.«

Darauf müssen wir beide losprusten. »Nicht immer. Immer!« Der Typ hat echt eine mega Macke. Aber irgendwie eine witzige Macke. Ich nehme mir erst noch mal Chips. Die gibt es bei uns höchstens an Silvester. Und dann auch noch ungesalzen. Da kann man auch Kartoffeln gleich so lutschen.

»Also, du hast irgendwie das Problem, dass du andauernd das letzte Worte wiederholst. Dann solltest du vielleicht ganz oft so Wörter wie ›plemplem‹ oder ›Maumau‹ oder ›Popo‹ sagen. Du sagst einfach nur die erste Hälfte vom Wort und die zweite kommt von alleine. Fällt niemandem auf.«

Leider hatte Jakob sich auch gerade ein paar Chips in den Mund gesteckt. Nach seinem Lachflash bin ich ziemlich übersät mit eingespeichelten Chipsstückchen.

»Gute Idee«, sagt er irgendwann.

»Jetzt hast du es nicht getan. Jetzt hast du das letzte Wort nicht wiederholt«, stelle ich erstaunt fest.

»Sag ich ja. Habe ich nicht immer.«

Ich nicke nur. »Wauwau ist auch ein Wort, das gut zu dir passt«, fällt mir ein. »Und wann genau hast du diesen komischen Tick?«

Er zuckt die Schultern. »Wenn ich Stress habe. Aufgeregt bin-bin.«

»Blabla ist auch schön.«

Er holt tief Luft. »Wie soll ich mit Blabla, Wauwau, plemplem, Maumau und Popo ein Gespräch führen?«

»Wird schwierig«, stimme ich ihm zu.

Ich zeige auf den Schreibtisch. »Was liest du da?«

»Harry Potter. Dritter Band.«

»Cool.«

»Auf Englisch.«

»Wie bitte? Echt?« Ich bin total beeindruckt. Kann nicht geradeaus reden, aber auf Englisch fette Bücher lesen. Ich überlege kurz.

»Wie ist es denn, wenn du liest? Also sagen wir mal, du liest mir was vor. Hast du dann auch diese Macke?«

»Natürlich nicht-nicht. Das wäre ja total bescheuert.«

»Dann stellst du dir einfach vor, du würdest alles, was du sagen willst, geschrieben sehen. Und dann liest du es einfach vor.«

Er lässt seinen Kopf auf die Schreibtischplatte fallen. Nach ein paar Momenten reißt er ihn wieder hoch. »Meinst du nicht, dass ich so was alles schon ausprobiert habe-habe? Ich habe mir eine Zeit lang immer beim letzten Wort eine Reißzwecke in den Daumen gepikst-gepikst.«

»Aua«, entfährt es mir.

»Genau. Aua. Das war dann immer das letzte Wort. Auch total bescheuert. Total bescheuert.«

»Jetzt hast du zwei Wörter wiederholt«, stelle ich überrascht fest.

»Das war extra.«

»Ach so.«

Plötzlich kichert er wieder. »Aber am schlimmsten war eigentlich die Gesangslehrerin. Die war schlimmer als die Pikserei. Die hat mir echt in den Ohren wehgetan.«

»Was für eine Gesangslehrerin?«

»Eine Lehrerin für Gesang halt-halt. Zu der musste ich einmal in der Woche. Weil ich den Tick nämlich nicht habe, wenn ich singe-singe.«

»Aber du kannst doch nicht die ganze Zeit singen. Das ist doch noch viel bescheuerter als die Macke, die du jetzt hast«, stelle ich fest.

»Sag das meiner Mutter. Ich schwöre dir, die ist jetzt schon auf der Suche nach einer neuen Lehrerin, die mir die Ohren voll röhrt-röhrt.«

Röhrt-röhrt hört sich so an, als würde er ein Auto imitieren.

Ich lehne mich zurück und überlege, was ich von dieser ganzen Situation halten soll. Einerseits bin ich ja echt froh, dass jetzt ein anderer Junge neben mir wohnt. Andererseits ist der halt ein bisschen gaga. Wobei das Wort ja auch gut zu ihm passt.

»Ist dieser Wort-Tick eigentlich alles?«, erkundige ich mich vorsichtig.

Jakob fängt an, mit zwei Autos zu spielen, die auf seinem Schreibtisch stehen.

»Na ja, früher war es schlimmer-schlimmer.«

Das heißt wahrscheinlich: ganz schlimm. Ich werde misstrauisch.

»Was genau meinst du?«, frage ich vorsichtig. Was bitte präsentiert er mir jetzt? Hat er früher Eichhörnchen mit Pfeil und Bogen erlegt? Oder hat er sich als Mädchen verkleidet und sich Zöpfe geflochten?

»Mein Arm hat manchmal so gezuckt«, sagt er.

»Rechts oder links?«, frage ich spontan. Wenn es der rechte Arm war, sitze ich direkt im Gefahrengebiet.

»Links«, sagt er, und ich atme auf. »Einmal habe ich aus Versehen meinen Sitznachbarn in der Klasse vom Stuhl gehauen. Das war doof-doof«, sagt er.

»Du hast ihn vom Stuhl gehauen? Das ist nicht dein Ernst.«

»Immerhin hat er auch gekippelt. Selber schuld, oder?«

»Auf jeden Fall.«

Ich überlege kurz. »Hast du das noch manchmal?«

»Nein. Ehrlich. Ich habe so einen Knetball. Wenn ich merke, dass die Zuckungen kommen, knete ich den, und es ist gut.«

Ich weiß nicht, warum, aber plötzlich muss ich an die Gesangslehrerin denken. Ich stelle mir eine dicke kleine Frau vor, die ein fürchterliches Kleid trägt und die ganze Zeit vor sich hin trällert. Ich sehe richtig, wie sie vor dem armen Jakob steht, der sich am liebsten die Ohren zuhalten möchte. Ich hole tief Luft und dann singe ich los. »Mö-öchtest du-u morgen mi-it mi-ir Fahrrad faaaaaahren?«

Er sieht mich erst völlig entsetzt an.

Dann nur noch fassungslos.

Er stammelt: »Obwohl ich diesen Tick habe-habe?«

»Klar. Wir müssen ja nicht viel quatschen beim Biken.«

Dann lacht er. Und er singt zurück: »Jaa-ahh. Jaa-ahh.«

Als ich nach Hause komme, kann ich im letzten Moment einem Fell-Angriff ausweichen. Die Katze hatte oben auf der Garderobe auf mich gewartet, aber zum Glück habe ich das geahnt und konnte schnell reagieren. Ich flüchte ins Wohnzimmer, wo Walter mich mit »Knalltüte. Dumme Sau. Dumpfbacke« empfängt. Vom Fenster aus sehe ich Piggy, die sich mal wieder fröhlich im stinkenden Dreck wälzt. Ich drehe mich schnell um, gehe in die Küche, wo meine Mutter den mageren Inhalt des Kühlschranks offenbar hypnotisiert. Zumindest steht sie davor und starrt rein. Als ob es davon mehr würde.

Ich frage mich ernsthaft, ob ich ein Magnet für komische Wesen bin. Meine Mutter wirft genervt die Kühlschranktür zu. »Ich habe irgendwie Hunger auf Süßes oder so. Ich habe nur leider vergessen, wo ich die Schokolade versteckt habe.«

Ich grinse sie an.

»Was zahlst du dafür, damit ich es dir verrate?«

Ihre Augen werden ganz schmal. »Du weißt, wo die Schokolade ist?«

Nachdem ich meiner Mutter ihr eigenes Versteck gezeigt habe, schnappe ich mir eine Banane und gehe in den Keller an meine Werkbank. Ich muss unbedingt noch ein paar Bretter für mein Baumhaus zusammennageln. Das wird das coolste Baumhaus im Umkreis von fünftausend Kilometern. Mindestens. Ich habe mit meinem Vater einen tollen Plan gezeichnet. Aus dicken Brettern mache ich eine ganz stabile Fläche und die wird mit dicken Tauen hinterher in den Baum gehängt. Vielleicht mache ich sogar noch eine zweite Platte, die wir als Dach aufhängen. In das Baumhaus kommt man nur über eine Strickleiter, die ich – wenn ich keine Lust auf Besuch habe – hochziehen kann. Obwohl ich eh nicht so genau weiß, mit welchem Besuch ich rechnen könnte.

Es ist nicht so, dass die Leute bei mir Schlange stehen, weil sie unbedingt was mit mir unternehmen wollen.

Es ist allerdings auch nicht so, dass andere aufhören zu reden, wenn ich komme. Sagen wir so: Wenn ich auf einer Party war, kann sich wahrscheinlich hinterher keiner an mich erinnern. Ich könnte wahrscheinlich ein super Agent werden. Eigentlich will ich ja lieber Urwald-Experte werden. Vielleicht gibt es ja auch Urwald-Agenten. Ich muss mich mal informieren.

Meine Mutter war am Anfang gegen das Baumhaus. Nicht nur, weil ich runterfallen und mir alle Knochen brechen könnte. Sondern weil die Konstruktion bestimmt komisch aussähe.

SAGTE MEINE MUTTER!

Ich habe sie damals ganz kurz daran erinnert, dass *sie* in unserer Familie für komisch aussehende Konstruktionen zuständig wäre. Ich sagte nur: »Meteorit in unserem Vorgarten.«

Darauf wusste sie nichts zu erwidern.

4.

Am nächsten Vormittag schneit Jakob vorbei und will mich zum Biken abholen. Mein »ACHTUNG!« kommt zu spät. Ich hatte gesehen, wie Fell Anlauf nahm. Jakob natürlich nicht. Er reagiert zu spät. Das Viech hängt schon an seinem Bein. Und ich sehe in Jakobs Gesicht, dass die Krallen nicht in der Jeans stecken, sondern direkt in seiner Haut. Jakob packt das Tier mit beiden Händen und zupft es förmlich von sich ab. Fauchend verzieht sich die Katze unter einer Couch. Jakob guckt mich panisch an.

»Was war das-das?«

»Das war unsere gestörte Katze namens Fell. Tut mir leid. Die ist total hinterhältig. Nimm dich vor der in Acht. Ich wette, dass die sich gerade unter dem Sofa kaputtlacht.«

»Die lacht?«

»Man kann es vielleicht nicht hören. Aber ich weiß einfach, dass sie lacht.«

Jakob guckt interessiert Richtung Wohnzimmer und Couch. »Ich hätte auch gerne ein Haustier.«

Ich starre ihn entgeistert an. Der weiß ja nicht, wovon er redet.

»Echt? Du kannst sie alle gerne haben.«

»Alle-alle?«

»Alle vier. Und ich schwöre dir, du willst sie nicht. Komm, lass uns lieber fahren. Sonst muss ich das Schwein mitnehmen.«

»Das SCHWEIN?«

»Erzähl ich dir später.«

Ich schnappe mir meinen Helm, brülle ein »Bin weg!« Richtung Garten.

»Soll ich dir einfach mal die Gegend zeigen?«, frage ich nach hinten und sehe Jakob nicken.

Ein paar Minuten später habe ich echt schlechte Laune. Jakob kann natürlich einen super Wheely. Er springt auch über die Bordsteinkanten und fährt superschnell freihändig. Angeber. Echt, was soll das? Ich fahre extra langsam, damit er nicht genug Tempo für irgendwelche Stunts hat. Ich zeige ihm den Sportplatz, die kleine Fußgängerzone, die Halfpipe, den großen Abenteuerspielplatz und schließlich die Schule.

»Hier sitze ich bald wieder und versuche irgendwie nicht einzuschlafen«, sage ich und zeige auf das Gebäude.

»Ist das die Paul-Klee-Schule?«, höre ich ihn sehr leise.

»Klar. Warum?«

»Auf die gehe ich dann auch-auch.«

»He, das ist doch super. Dann können wir zusammen zur Schule gehen. Vielleicht kommst du ja in meine Klasse!«

Ich freue mich echt. Er freut sich nicht. Ganz und gar nicht. Er nickt nur. Wie ein Roboter. Nach einem kurzen Moment schwingt er sich auf sein Bike und fährt ganz cool die Treppenstufen runter.

»Wieso kannst du eigentlich so super mit dem Rad umgehen?«, brülle ich ihm hinterher. Er legt eine Vollbremsung hin und dreht sich zu mir um.

»Weil ich immer viel Zeit zum Üben hatte. Total viel Zeit-Zeit«, brüllt er zurück.

Ups. Klar. Mit seiner Macke steht er auf der Beliebtheitsskala wahrscheinlich nicht gerade weit oben. Er hat wahrscheinlich nicht so viele Freunde. Und das wird in seiner neuen Klasse bestimmt nicht großartig anders sein. Sie werden sich alle über seinen Sprachfehler lustig machen. Und sie werden ihn nachäffen. Für Jungs wie Timo oder Lucca ist er das gefundene Fressen.

»Habe ich dir eigentlich schon von meinem Baumhaus erzählt?«, rufe ich nach unten. Er schüttelt den Kopf. »Dann komm mit. Ich zeig's dir.«

In unserem Keller nickt er anerkennend mit dem Kopf. »Das ist echt topcool«, urteilt er und betrachtet die Platte, die ich schon zusammengezimmert habe. »Du könntest von oben so Netze runterhängen lassen«, schlägt er vor. »Anstatt Wände.«

Super Idee. Da könnte ich Lichterketten reinhängen. Das sieht abends bestimmt klasse aus, überlege ich. »Komm mit. Ich weiß, wo Schokolade versteckt ist.«

Vom Küchenfenster aus kann man meine Mutter im Garten sehen. Sie arbeitet schon wieder an ihrem XXL-Webrahmen. Dafür hat sie vier dünne Baumstämme – die sie original abends heimlich im Wald gefällt hat – zu einem Quadrat zusammengebunden. Dazwischen hat sie Seile gespannt. Und zwischen die Seile steckt sie allmöglichen Müll, den sie andauernd sammelt. Ein einzelner Schuh baumelt da schon, drei Metall-Kleiderbügel hängen neben einem alten Handy.

»Ist das deine Mutter-Mutter?«, erkundigt sich Jakob vorsichtig.

»Nein, das ist eine komische Frau, die ab und zu vorbeikommt, um in unserem Garten ihre merkwürdigen Ideen umzusetzen. Meine Mutter ist Kommissarin bei der Mordkommission und ermittelt gerade in einem mysteriösem Fall, in dem es um Geldwäsche und Waffenschmuggel geht«, antworte ich schnell.

»Echt? Und deine Eltern erlauben, dass diese komische Frau hier so einen Quatsch macht-macht?«

Ich nicke nur. »Habe ich dir eigentlich schon Leon vorgestellt? Unser farbenblindes Chamäleon? Komm.«

Er starrt in das Terrarium. »Und du bist sicher, dass er nur farbenblind ist? Vielleicht ist er ja ganz blind?«, fragt er schließlich.

Ich überlege. Könnte natürlich auch sein. Vielleicht dreht er den Kopf nur ab und zu, weil er was riecht oder hört. »Selbst wenn. Ich finde auf jeden Fall, dass er total traurig aussieht. So blass«, sage ich.

»Wenn er die Farben nicht von selbst produziert, dann malen wir ihn einfach an-an.«

Ich gucke Jakob an. Ist das sein Ernst? Er grinst nicht. Es ist sein Ernst.

»Wir nehmen Wasserfarbe. Die ist ja nicht giftig. Vielleicht gefällt es ihm ja sogar«, schlägt Jakob vor. Ich überlege. Warum eigentlich nicht? Vielleicht kann er es ja doch sehen und mag sich so bunt. Oder es bringt ihn endlich auf die Idee, Farben zu wechseln.

»Alles klar. Ich hole Farbe und Pinsel.«

Eine halbe Stunde später sieht Leon schon viel fröhlicher aus. Er hat blaue und grüne Streifen, ein paar rote Tupfen und einen orangefarbenen Schwanz.

»Paul! Bist du wahnsinnig? Was macht ihr denn da?«

Ich hatte meine Mutter gar nicht kommen hören. Sie starrt abwechselnd auf Leon, Jakob und mich.

Jakob ist zurückgewichen.

»Ich glaube, du solltest jetzt deine Mutter anrufen-anrufen«, schlägt er vor. »Bevor diese Frau noch ausrastet.«

»Das ist meine Mutter«, flüstere ich zurück.

»Was? Was? Du hast vorhin behauptet, die wäre bei der Mordkommission-Mordkommisssion.«

Als wir nach der Strafpredigt meiner Mutter erst Leon und dann uns selber schweigend im Bad säubern, fragt Jakob plötzlich in die Stille:

»Wieso hast du mir vorhin so einen Quatsch über deine Mutter erzählt?«

»Weil mir meine Mutter mit ihren Müllkonstruktionen einfach peinlich ist. Deswegen«, blaffe ich ihn an.

Und er? Was macht er? Er kriegt einen Lachanfall.

»Darf ich wissen, was so unheimlich lustig ist?«, erkundige ich mich schließlich.

Er versucht sich zu beruhigen.

»Ich habe die bescheuertste Macke seit der Erfindung des Rads-Rads, und dir ist was peinlich-peinlich.«

Er kichert wieder.

»Stimmt eigentlich«, stelle ich fest. »Deine Macke ist eigentlich noch peinlicher als meine Mutter.«

Ich sehe, wie er in seine Hosentasche greift und einen Ball rausholt, den er wie verrückt knetet. Richtig nett war das jetzt nicht von mir.

»Die Sache mit dem Netz geht mir nicht aus dem Kopf«, lenke ich ab. »Es wäre echt cool, wenn wir so ein Netz für das Baumhaus kriegen könnten.«

Er nickt und knetet schon langsamer. »Lass uns doch deine Mutter fragen-fragen. Vielleicht hat die eine Idee-Idee.«

Natürlich hat sie eine Idee. Wir sollen das Netz selber machen. Hätte ich mir ja denken können. Meine Mutter will immer alles selber machen. Dann würde man die Sachen mehr schätzen. Fürchterlich!

»Oder wir nehmen das Netz von einem Fußballtor«, schlägt Jakob vor. »Das kann man bestimmt bestellen.«

» Wenn ihr ewig Zeit habt«, sagt meine Mutter. »Falls ihr es heute noch haben wollt: hier. Da habt ihr ein Knäuel Paketband. Das ist schön fest.

Keine fünf Minuten später hocken wir neben meiner Mutter und ihrem Riesen-Webrahmen und knoten und knoten.

Aus dem Nachbargarten kommt plötzlich eine Stimme: »Jakob? Wo bist du? Komm doch zum Essen, ja?«

Ich gucke zu meiner Mutter rüber. »Was gibt es eigentlich bei uns zum Mittagessen?«, erkundige ich mich vorsichtig.

Wie erwartet schreckt meine Mutter zusammen. »Ist es schon so spät? Ich habe noch gar nichts gekocht. Soll ich dir ein Brot machen? Wir haben auch noch Tomaten und Gurken. Glaube ich.«

»Iss doch bei uns«, sagt Jakob. »Meine Mutter kocht immer zu viel-viel.«

»Zu viel-viel ist klasse«, grinse ich und gehe mit rüber.

Und er hat recht. Jakobs Mutter hat einen riesigen Topf Gulasch gekocht und ist total freundlich zu mir. Fast zu freundlich. Andauernd betont sie, wie schön es wäre, dass ich da sei. Dass sie sich so freue, dass Jakob gleich jemanden kennengelernt habe. Und dass ich jederzeit willkommen sei. Und so weiter. Sie selber kommt fast gar nicht zum Essen, so sehr quatscht sie auf mich ein.

Als wir wieder an unserem Netz knüpfen, frage ich ihn vorsichtig: »Ist deine Mutter immer so überfreundlich?«

»Keine Ahnung. Es war vor dir noch nie jemand dada.«

Habe ich das jetzt richtig verstanden?

Hat ihn vorher nie jemand besucht?

Ich meine, ich habe jetzt auch keinen eigenen Fanclub in der Schule. Aber ein paar Kumpels habe ich schon. Wen lädt Jakob denn dann zu seinem Geburtstag ein?

Gut, er hat mal seinen Sitznachbarn vom Stuhl gehauen. Aber er hat das ja nicht extra gemacht. Obwohl. Wahrscheinlich wäre es besser gewesen, er hätte ihn extra umgehauen. Damit hätte er sich womöglich wenigstens bei den Prügelknaben Ansehen verschafft. Aber wenn man das nur aus Versehen wegen eines Ticks macht, ist es natürlich ziemlich uncool …

Bestimmt wollte danach keiner mehr neben ihm sitzen.

Und erst recht wollte ihn keiner zu Hause besuchen. Da kriegt ja dann gar keiner mit, wenn man ohne Vorwarnung einfach so die Faust ins Gesicht bekommt und umfällt.

Eine Stunde später haben wir das Netz fertig und auch schon eine Lichterkette hineingeflochten.

»Es ist noch zu hell«, stellt Jakob fest, als wir sie einschalten. Also bleibt uns nichts anderes übrig, als auf die Dunkelheit zu warten. Na, das kann dauern! Jakob holt ein Handy aus seiner Jeans und beginnt irgendein Spiel. Natürlich hat er ein Handy. ALLE haben ein Handy. Nur ich nicht. Ich habe ein Walkie-Talkie. Im Ernst! Meine Mutter meint, das würde reichen. Ich hatte das mal aus Versehen mit in der Schule. Es war noch in meiner Jackentasche. Und in der Pause hat es plötzlich geknackt und gepiepst, und dann war meine Mutter zu hören, die wissen wollte, ob ich mir ein Pausenbrot gemacht hätte.

Ich wäre am liebsten im Boden versunken.

Meine Mutter hatte sich damals noch gefreut, sie hätte gar nicht gedacht, dass dieses Ding so eine Reichweite hat! Auf jeden Fall liegt das Gerät jetzt außer aller Reichweite irgendwo im Keller. Ich muss meinen Eltern ganz dringend klarmachen, dass ich auch ein Handy brauche. Dass ich sonst von allen gedisst und ausgelacht werde. Ich werde ihnen erzählen, dass mein Name mittlerweile ein Schimpfwort an unserer Schule sei. Immer, wenn jemand etwas nicht raffen würde, würden alle sagen: Du bist ein Paul.

Vielleicht haben sie dann ja ein Einsehen. Außerdem könnte meine Mutter mir simsen, was ich noch einkaufen soll, wenn sie eventuell mal wieder vergessen hat einzukaufen, weil sie den ganzen Morgen an ihren Schrottlieblingen geschweißt hat.

»Ich brauche unbedingt auch endlich ein Handy. Ohne ist man ja echt ein Nichts«, stelle ich laut fest.

Jakob guckt mich komisch an.

Wahrscheinlich würde er sofort sein Handy verschenken, wenn er dafür seine Macke los wäre.

»Du hast Schiss vor der Schule«, sage ich. Er nickt nur.

»Verstehe ich. Mit deiner Macke wirst du es echt nicht leicht haben.«

Er wirft sein Handy ins Gras. »Nicht leicht-leicht?«

»Wie war es denn an deiner alten Schule?«

»Der Horror-Horror.«

Ich bemühe mich, nicht zu grinsen. Aber Horrorhorror klingt doch irgendwie lustig.

»Ihr habt nicht viel Geld, oder?«

»Hä?«

»Ich meine, seid ihr vielleicht reich? Haben deine Eltern so ein, zwei Millionen?«

»Nicht, dass ich wüsste. Warum?«

»Wenn Du Kohle hättest, würde sich keiner über dich lustig machen. Du würdest alle mal einladen oder so, verteilst ein paar Geschenke – und schon wärst du superbeliebt. So funktioniert das.«

»Toll. Dann suche ich mir jetzt einen Geldtransporter, den ich überfallen kann.«

Aus dem Nachbargarten ist plötzlich wieder seine Mutter zu hören. »Jakob? Bist du da? Komm mal schnell rüber. Ich glaube, ich habe eine sehr gute neue Gesangslehrerin für dich gefunden.«

Er verdreht die Augen und lässt sich einfach lang auf den Rücken fallen. Im ersten Moment denke ich wirklich, er sei jetzt ohnmächtig geworden. Dann flüstert er mir zu: »Sag ihr, ich wäre tot-tot.« Doch seine Mutter steht schon am Zaun. »Jakob, lass den Quatsch. Komm mal schnell. Die Frau Mann möchte mit dir am Telefon reden.«

Langsam steht Jakob auf. Wir gucken uns an und lachen laut. Frau Mann. Oh Mann.

»Ihr Mann heißt dann Herr Mann«, überlege ich. »Und mit Vornamen bestimmt Hermann. Das ist dann Herr Hermann Mann.« Ich kichere. »Das ist doch perfekt für dich!«

5.

Ich stehe gerade mit einem Eistee in der Hand in der Küche, als meine Mutter unternehmungslustig mit einer blöden Idee auftaucht: Sie will shoppen. Mit mir.

Alles in mir zieht sich zusammen. Mit meiner Mutter Klamotten zu kaufen, ist so peinlich. Sie zieht in den unmöglichsten Momenten den Vorhang von den Umkleidekabinen zurück. Da steht man da in seiner Superman-Unterhose (die sie gekauft hat!), und der ganze Laden kann einen sehen.

Das Schlimmste aber sind ihre Vorstellungen davon, was ein Junge im Alter von zwölf Jahren tragen sollte. Sie bevorzugt Farbkombinationen, die in den Augen schmerzen. Im Winter wollte sie mir eine orangefarbene Cordhose mit einem lila Pullover andrehen.

Gibt es Agenten, die sich orange-lila kleiden und hoffen, damit nicht weiter aufzufallen? Wohl kaum.

Meine Mutter hat sich zurückgelehnt und guckt mich mit einem Pokerface an. »Und wie wäre es, wenn wir danach noch Pizza essen gehen?«

Das ist gemein.

»Okay. Komm. Bringen wir es hinter uns.«

Bei H&M lasse ich mich einfach auf einen Stuhl fallen und warte. Meine Mutter schwirrt durch den Laden und wühlt. Sie wird mit den unmöglichsten Klamotten gleich bei mir auflaufen und mich nötigen, alles anzuprobieren. Ich werde mich dann – wie immer – für die drei am wenigsten auffälligen Dinge entscheiden. Und von mir aus können wir dann auch schon Richtung Pizzeria durchstarten.

Eine halbe Stunde später steht sie vor mir. Sie hat einen giftgrünen Pullunder, eine karierte Stoffhose mit Gürtel, ein Shirt mit dem Aufdruck »Bitte nicht füttern« und eine Matrosenjacke.

Ich schnappe mir die Matrosenjacke. »Die ist für Karneval vielleicht nicht schlecht.«

Und gerade als ich mit dieser peinlichen Klamotte in der Hand und meiner durchgeknallten Mutter hinter mir da stehe, sehe ich Freya.

Ausgerechnet.

Ich drehe mich sofort um. Vielleicht erkennt sie mich ja nicht.

Freya ist vergangenes Jahr in unsere Klasse gekommen, und jeder der sagt, dass er sie nicht gut findet, der lügt.

Und das gilt für Jungen *und* Mädchen.

Freya zickt niemals rum und gackert auch nicht wie ein aufgeregtes Huhn. Obwohl sie ein Mädchen ist. Sie kommt aus Holland und hat einen lustigen Akzent. Was richtig cool an Freya ist: Ihr Vater ist Amerikaner. Und wenn sie mit ihm spricht, spricht sie englisch. Richtig schnell. Und ihr Vater kommt nicht nur aus den USA. Er kommt aus New York. Und Freya hat auch schon in New York gewohnt. NEW YORK! Gibt es eine coolere Stadt? Freya ist groß, hat megalange Beine und megalange Haare. Da, wo die Haare aufhören, fangen die Beine ungefähr an. Und sie hat immer die coolsten Sachen an.

Obwohl es wahrscheinlich eh egal ist, was die anhat. Freya würde auch eingewickelt wie eine Mumie irgendwie gut aussehen.

Ich glaube, es gibt auf der ganzen Schule bei uns niemanden, der zu mehr Geburtstagsfesten eingeladen wird, als sie.

Und jetzt kommt das Allercoolste: Freya spielt Rugby. Für alle, die das nicht kennen: Das ist so eine Art Draußen-Handball mit Schubsen. Und sie singt in unserer Schulband. Die ist schon zwei Mal aufgetreten und es hat richtig gerockt.

Und ausgerechnet diese Freya sieht mich jetzt womöglich mit einer Matrosenjacke! Ich drücke die Jacke meiner Mutter in die Hand, sage ihr, dass sie sich jetzt hier hinsetzen soll und ich mir selber was suche.

Schnell bringe ich ein paar Meter zwischen mich und meine Mitschülerin. Als ich wieder bei meiner Mutter ankomme, habe ich zwei blaue Jeans, drei weiße Shirts und eine Jogginghose auf dem Arm.

Sie starrt mich an.

»Langweiliger geht es wohl nicht, oder?«

»Wenn ich kreischend bunt durch die Welt laufen würde, könntest du mich zwischen deinen ganzen ominösen Kunstwerken ja gar nicht mehr finden«, stelle ich fest.

Sie grinst zumindest mit einem Mundwinkel. »Okay. Ab zur Umkleide.«

»Brauch ich nicht. Das passt schon«, sage ich. »Ab zur Kasse!« Mit diesen Worten dampfe ich davon und stelle mich in die Schlange. Meine Mutter folgt mir kopfschüttelnd.

Und hinter wem stehen wir jetzt?

Genau, hinter Freya. Ich hypnotisiere Freyas Hinterkopf: Dreh dich nicht um. Dreh dich nicht um. Dreh dich nicht um. Und was macht Freya? Sie dreht sich um.

»Hey, Paul. Nicht am Beach oder in den Bergen?«, fragt sie und wirft eine Hälfte ihrer blonden Locken nach hinten. »Und es sieht noch nicht mal affig aus.«

»Nö. Balkonien. Dafür brauche ich dringend mal wieder ein neues crazy Outfit«, sage ich leise.

Sie guckt auf meine Jeans und auf die Shirts und grinst breit. »Wow. Wirklich total crazy.«

Nachdem sie bezahlt hat, dreht sie sich noch mal zu mir um. »Ciao, Paul. Bis bald.«

Ich spüre den Blick meiner Mutter in meinem Rücken. Ich spüre, wie sich zwei Laserstrahlen durch mein Shirt bohren. Die Haut wird ganz heiß. Ich will jetzt eine Pizza.

6.

Nachdem wir bestellt haben, bekommt meine Ma plötzlich diesen typischen Wir-haben-jetzt-ein-Gespräch-Blick. Den kriegt sie ungefähr zwei- bis dreimal im Jahr. Dann fällt ihr ein, dass sie meine »Erziehungsberechtigte« ist, und will alles wissen. Mit wem ich rede, wer neben mir in der Schule sitzt, was ich gerade lese, ob ich nicht mal eine neue Sportart wie Synchronschwimmen oder Eistauchen ausprobieren möchte. Und natürlich fragt sie jedes einzelne Schulfach ab, ob mir das Spaß macht, ob ich mitkomme und so weiter. Das dauert manchmal STUNDEN. Immerhin – das mit der Schule kann sie heute knicken. Wir haben schließlich Ferien.

»Wer war denn eigentlich das Mädchen gerade bei H&M? Kennst du die aus der Schule?«

Ich nicke und streue ein bisschen Salz in den Pfefferstreuer.

»Ist sie in deiner Klasse?«

Ich nicke wieder und beginne Zahnstocher in die Löcher des Salzstreuers zu stecken.

»Bist du in sie verliebt?«

»MAMA!«

Sie grinst. »Ich wollte einfach nur, dass du mal was sagst und nicht immer nur nickst.« Sie schiebt sich ein Stück Pizza in den Mund. »Wieso verabredest du dich nicht mal mit jemandem aus deiner Klasse?«

»Weil die alle im Urlaub sind. Die haben nämlich keinen durchgeknallten Zoo zu Hause.«

»Die Mutter von Mike habe ich gestern beim Einkaufen gesehen.« Sie lässt nicht locker. »Soll ich da mal anrufen?«

»Bloß nicht.« Das fehlt mir noch, dass meine Mutter jetzt irgendwelche Verabredungen für mich trifft. Außerdem ist Mike ein Blödmann. Er hat mich im letzten Jahr bei einer Wette beschissen, richtig mies ausgetrickst, und dann musste ich einen Tag lang »Mein König« zu ihm sagen. Damit ist wohl eindeutig klar, dass ich definitiv keine Lust habe, mich mit diesem Fiesling zu treffen.

»Ich könnte ja ab und zu was mit diesem Jakob von nebenan machen«, unterbreite ich meiner Mutter einen Gegenvorschlag. »Ich glaube, der ist ganz nett.«

Sie nickt. »Der kann vielleicht einen Freund gut gebrauchen.«

»Allerdings«, stöhne ich nur.

»Wieso allerdings?«, fragt sie zurück.

Ich erzähle ihr von dem Tick, das letzte Wort zu

wiederholen. »Ist echt komisch. Und peinlich irgendwie.«

Sie zieht die Stirn hoch. »Ist das dein Ernst?«

»Meinst du, so etwas Bescheuertes würde ich mir ausdenken?«

»Du hast dir schon ganz andere Sachen ausgedacht. Zum Beispiel, dass deine Lehrerin eine hochansteckende Krankheit hätte und aus Sicherheitsgründen alle Schüler mindestens drei Tage zu Hause bleiben müssten. Du hast mir erzählt, dass ihr im Sportunterricht jetzt einen Skateboard-Kurs macht und du deswegen ein Skateboard bräuchtest. Du hast mir erzählt, dass Fell dich von hinten hinterlistig angreift und hinterher lacht«, zählt sie auf.

»Das mit Fell stimmt. Sie macht das nie, wenn du in der Nähe bist. Da tut sie immer so lieb und nett. Aber wenn ich alleine bin, lauert sie mir auf. Und hinterher guckt sie mich wirklich immer so grinsend triumphierend an«, erkläre ich ihr zum ungefähr 7697. Mal.

»Und Jakob hat wirklich so eine Sprachstörung?«, fragt sie nach.

»Ja. Also, er hat das nicht immer. Schlimm ist es wohl, wenn er aufgeregt ist. Und ich schwöre dir, am ersten Schultag wird der aufgeregt sein. Das wird der Horror für ihn.«

Auf dem Rückweg fahren wir bei meinem Vater in der Praxis vorbei, vielleicht können wir ihn heute ein bisschen eher loseisen. Aber offenbar hat er noch einen schwierigen Patienten. Doris, die Sprechstundenhilfe, drückt mir erst mal eine Handvoll Gummibärchen in die Hand. »Es ist ein Hamster, der im Hamsterrad nur rückwärts läuft«, sagt sie.

»Und der Hamster ist unglücklich, weil er nur rückwärts laufen kann?«, frage ich erstaunt nach.

»Ich glaube fast, dem Hamster ist das ganz egal. Aber seine Besitzerin glaubt, das sei nicht normal. Sie befürchtet, dass ihr Hamster immerzu Angst hat und deswegen immer rückwärts flüchten will.«

Ich schließe meine Augen. Bitte nicht. Ich möchte bitte, bitte nicht, das zu unserem Hauszoo in Zukunft auch noch ein rückwärts joggender Hamster gehört.

»Vielleicht hat dieser Hamster ja einen Jugendwahn. Der denkt, wenn er rückwärts läuft, läuft auch die Zeit rückwärts. Also wird er nicht älter, also muss er nie sterben.«

Doris starrt mich an. »Du glaubst, dieser Henry hat Angst vorm Alter?«, flüstert sie.

Ich zucke die Schultern. War ja nur so eine Idee.

»Quatsch«, sagt meine Mutter laut. »Wahrscheinlich müsste man in dieses Hamsterrad nur so eine Art Rücktritt wie beim Fahrrad einbauen und der blöde Hamster würde nach vorne laufen.«

Doris kichert. »Gute Idee. Kann ich Ihrem Mann ja mal vorschlagen.«

Ich halte Doris unauffällig die Hand hin, die sie sofort mit Gummibärchen füllt.

Mit vollem Munde sage ich: »Komm, Mama, das dauert zu lange. Lass uns fahren.«

7.

Als wir in unsere Straße biegen, sehe ich Jakob sofort. Er spielt vor seinem Haus Basketball, er hat sogar einen richtigen Korb da hängen. Ich schlendere zu ihm rüber. »Und, wie ist deine Frau Mann so?«, frage ich.

»Oh Mann, Frau Mann. Mann«, stöhnt er und verdreht die Augen.

»Heißt ihr Mann wirklich Herr Hermann Mann?«

Er lacht ganz kurz. Dann wirft er mit aller Wucht den Basketball Richtung Korb. Er trifft nicht.

»Ich habe da keinen Bock mehr drauf. DRAUF. Ich will verdammt nochmal kein ABC mehr singen. Das nervt. NERVT.«

Kurz: Jakob hat echt schlechte Laune.

Ich versuche ihn ein bisschen aufzuheitern und erzähle ihm von dem Hamster.

Er findet es nicht witzig.

»Dieser blöde Hamster ist wie ich. ICH. Fehler im System.«

Jakob hat offenbar extrem schlechte Laune.

Wenn er jetzt schon so durchgeknallt ist, möchte ich nicht wissen, wie er auf die Gemeinheiten von Timo, Lucca und den anderen reagieren wird.

Ich nehme ihm den Ball weg, den er wie irre vor sich herdribbelt.

»Pass auf, Jakob. Du hast keine andere Chance. Wenn deine Eltern nicht den Keller voll Geld haben, mit dem du dich beliebt machen kannst, musst du jetzt selber Kohle auftreiben. Ein bisschen Zeit haben wir noch.«

»Wir?«, fragt er argwöhnisch zurück.

Ich nicke. Irgendwie komme ich aus der Nummer nicht mehr raus.

Er setzt sich im Schneidersitz auf den Bürgersteig. »In meinem Sparschwein habe ich ungefähr hundertfünfzig Euro.«

Ich lasse mich neben ihn fallen. »Super. Damit wäre der erste Tag gerettet«, stelle ich fest.

Er versucht den Ball auf einem Finger zu drehen. Klappt gar nicht mal so schlecht. Aber alle diese Kunststücke werden ihm nicht helfen.

»Vielleicht können wir irgendjemanden erpressen. Das ginge zumindest schnell«, schlägt er vor.

Ich fürchte fast, er meint das ernst.

»Willst du irgendeiner Oma ihren Dackel klauen und verstecken, oder was?«

»Hier in der Straße wohnen doch so zwei Mädchen-Mädchen. Ich habe die vorhin in ihrem Garten gesehen. Wir schnappen uns einfach eine von denen.«

Ich glaube, Jakob hat mehr als nur einen Sprachfehler.

»Du meinst Emma und Mia?« Ich muss echt lachen. »Ich bin mir gar nicht sicher, ob die Eltern Geld dafür bezahlen würden, die zurückzubekommen. Vielleicht könnten wir uns die kriminellen Pläne für später aufheben. Lass es uns doch erst mal ehrlich versuchen.«

»Und was mache ich dann mit dem ehrlich verdientem Geld-Geld?«

»Zunächst mal brauchst du topcoole Klamotten. Die neuen Nike-Schuhe, den neuen iPod, ein Originaltrikot von Barcelona und irgendwelche amerikanischen Kappen. Und dann musst du einfach ein bisschen was springen lassen. Die Lautsprecher in unserer Klasse mal fett einladen. Dann halten die auch das Maul.«

»Lautsprecher?«

»Na die, die immer das Sagen haben«, erkläre ich ihm. »Du musst mit den Scheinen nur so um dich werfen. Zumindest am Anfang. Deswegen nennen wir das Projekt auch ›Mission Scheinwerfer‹. Wenn die alle voll von der Kohle geblendet sind, fällt denen deine Macke gar nicht so auf«, behaupte ich einfach.

Den ganzen nächsten Tag grüble ich darüber nach, wie wir an Geld kommen könnten. Jakob braucht richtig viel davon, das ist mir klar. Ich zermartere mir das Hirn. Der Vorschlag meiner Mutter, heute endlich mal mein Zimmer aufzuräumen, hebt nicht gerade meine Stimmung. Nur aus Langeweile fange ich an, Millionen von Legosteinen in die Kisten zu werfen. Sie liegen wirklich überall. Unter dem Bett, unter dem Schreibtisch, ein paar finde ich sogar in meinem Bett. Ich fange an, sie zusammenzustecken. Es entsteht so eine Art kleiner Tisch, ich baue einfach weiter, und plötzlich habe ich eine Idee. Ich baue mir aus Lego ein CD-Regal. Ich habe genug kleine Platten, um sieben Stockwerke hinzukriegen. Es sieht richtig spacig aus. Vielleicht kann ich ja noch mehr Möbel aus Lego bauen. Vielleicht ist das gerade eine supergeile Geschäftsidee. Ich muss das sofort Jakob erzählen.

Also renne ich rüber und klingle gleich drei Mal. Schließlich ist es wichtig. Jakob macht mir erschrocken auf.

»Was ist denn los?«, fragt er irritiert.

»Ich habe eine geile Idee. Wir bauen Möbel aus Legosteinen. Ich habe fünf Kisten voll mit Steinen. Echt randvoll. Gerade habe ich ein CD-Regal gebaut. Ging superschnell. Da kann man locker dreißig Euro für nehmen. Das ist jetzt unsere Einnahmequelle.«

Er geht ins Wohnzimmer und ich folge ihm. Er schnappt sich das iPad, das auf dem Tisch liegt.

Er sucht etwas und reicht mir das iPad rüber: »Gibt es schon-schon.« Ich sehe Lego-Bauanleitungen, wie man sich aus den bunten Steinen ein Bett oder einen Küchentisch erstellen kann. Ich scrolle durch. Auch ein CD-Regal ist dabei. So ein Mist.

Er lässt sich auf die Couch fallen. Und irgendwie zuckt sein Kopf zur Seite. Ganz leicht nur. Aber immer wieder. Ich gucke ihn genau an.

»Was ist das jetzt? Hast du dir eine neue Macke ausgedacht?«

»Das kommt nur-nur, wenn ich viel Stress habe-habe. Echt selten-selten.«

Ich überlege, ob »selten-selten« wohl noch seltener als selten ist. Ich versuche ihn abzulenken und zeige auf das iPad.

»Spielen wir eine Runde Temple Run?«

»Kenne ich nicht.« Er zuckt die Schultern.

»Hast du Subway Surfers?«

»Nee. Kenne ich auch nicht.«

»Hast du überhaupt irgendwelche Apps?«, erkundige ich mich vorsichtig.

»Math Zombies.«

»Und was soll das sein?«

»Da kommen so Zombies ganz langsam auf dich zu.

Die haben Rechenaufgaben in so Sprechblasen. Und wenn du das richtige Ergebnis eintippst, lösen die sich einfach auf. Puff. Paff. Wenn du zu langsam bist oder dich verrechnest, löst du dich auf. Puff. Paff.«

»Wie lange musst du das am Tag spielen?«

»Ich muss das nicht. Ich finde das cool-cool.«

»Du findest Mathe cool?«

Er nickt nur.

Ich seufzte. Der gute Jakob hat offenbar noch ein viel größeres Problem als seine Echo-Macke.

Zu Hause schaue ich noch bei Leon vorbei. Im Baumarkt habe ich einen Farbkatalog besorgt. Siebenundneunzig Seiten nur Farben. Seite für Seite zeige ich sie ihm. Vielleicht hat er ja doch eine Lieblingsfarbe, vielleicht braucht er einfach noch etwas Zeit. Als ich auf eine Seite mit so ganz dunklem Grün komme, habe ich das Gefühl, dass er reagiert. Ich stelle ihm die Seite aufgeschlagen vor das Terrarium. Vielleicht muss er das noch länger auf sich wirken lassen, damit seine Pigmente mal langsam in Schwingung kommen.

8.

Am nächsten Morgen klatscht mein Vater nach einem ziemlich späten Samstagmorgenfrühstück in die Hände und verkündet: »So. Heute ist Baumhaustag. Bist du bereit, Paul?«

»Na klar«, brülle ich sofort.

Zusammen tragen wir die Bodenplatte in den Garten. Wir haben entschieden, dass das Haus in die alte Kastanie kommt. Die hat definitiv die stärksten Äste. Mein Vater schlingt einen Gurt um die Platte, lehnt eine Leiter an die Kastanie und steigt in den Baum. Als er sicher auf einem Ast sitzt, hebe ich die Platte an. Mein Vater zieht von oben. Doch kaum schwebt sie in der Luft, lässt er sie schon wieder runter.

»Was ist denn los?«, brülle ich nach oben.

»Die ist zu schwer. Das schaffe ich niemals«, ruft er runter.

»Ich hole Jakob. Warte.«

Gemeinsam mit Jakob hebe ich das schwere Teil an. Ich schleppe einen Tisch ran, um auf den zu steigen und noch mehr von unten helfen zu können. Mein Vater stöhnt im Baum über uns. Aber Zentimeter für Zentimeter hievt er das Holzteil hoch, und nach mehr als einer Stunde liegt die Platte auf dem dicken Ast, den wir vorher ausgeguckt haben. Jetzt müssen wir noch die richtigen Äste finden, an denen wir die Seile fixieren, die die Platte schließlich in der Balance halten.

»Komm, wir klettern auch hoch«, fordere ich Jakob auf. Und bin dann ein bisschen erleichtert, dass Jakob damit so seine Probleme hat. Er kann schon besser Fahrrad fahren als ich, besser mit dem Ball umgehen – und von Mathe und Englisch brauchen wir gar nicht sprechen. Da muss er nicht auch noch besser klettern können. Aber ganz schlecht ist er darin leider auch nicht.

Wir klettern an meinem Vater vorbei, jeder nimmt ein Seil mit. Es geht weiter nach oben. Schließlich haben wir die richtigen Orte für die vier Seile gefunden. Jetzt ist mein Vater wieder an der Reihe. Mit einem Metallband werden die Knoten gesichert.

»Sieht so aus, als wäre dein neues Zuhause fertig«, meint mein Vater kurz darauf fast feierlich. »Dann lass mal die Leiter runter.« Die Strickleiter hatten wir schon vorher an der Bodenplatte angebracht. Ich schubse die Leiter runter. Sie fällt und endet ungefähr einen Meter über dem Boden.

»Ups«, meint mein Vater nur. »Das wird ein Aufstieg für Sportliche. Schönen Tag dann noch.«

Damit klettert er die Leiter runter. Es schaukelt ganz schön.

»Sollen wir jetzt das Netz aufhängen?«, frage ich Jakob. Ich freue mich riesig darauf.

»Kann nicht-nicht. Hab Gesangsunterricht«, stöhnt er. »Komme später wieder-wieder.«

Es vergehen Ewigkeiten und Jakob taucht nicht mehr auf. Also gehe ich irgendwann zu Piggy in ihren kleinen Stall.

»Na, Steckdose, alles klar? Komm, ich kraul dich ein bisschen«, verspreche ich ihr, und sie kommt wirklich angerannt. Manchmal hat sie es richtig gerne, wenn ich ihr den Rücken kratze. Klar, da kommt sie ja selber nicht ran. Sie grunzt zufrieden. Und weil ich heute eh im Baufieber bin, baue ich ihr eine Rückenkratzstation. Ich schraube von dem Schrubber meiner Mutter die Bürste ab und nagele die auf eine Holzlatte. Die Latte nagele ich im rechten Winkel auf das Tor in ihrem Stall. Wenn sie jetzt durch das Tor geht, wird automatisch ihr Rücken geschrubbt. Leider rafft sie das nicht. Sie schnuppert an der Bürste, versucht, sie anzuknabbern. Schließlich gehe ich selber auf allen vieren unter dieser Bürste her und tue so, als wollte ich mir den Rücken massieren lassen. Ich versuche sogar, dabei wie Piggy zu grunzen. Ich habe ihr diese blöde Massagestation gebaut, jetzt soll sie sie auch verdammt noch mal nutzen.

Und was macht dieses blöde Schwein?

Legt sich in die Ecke und pennt ein. Ich könnte sie echt verwursten!

Frustriert gehe ich in die Küche, wo ich meine Mutter finde, die schon ungefähr zehn Paprika in Streifen geschnitten hat. Jetzt schält sie gerade eine Gurke. Offenbar soll es eine Woche lang nur gesundes Zeugs geben.

»Was machst du da?«, erkundige ich mich vorsichtig.

»Wir veranstalten heute Abend spontan eine kleine Gartenparty«, verkündet sie. »Du musst mir helfen!«

»Eine Gartenparty? Davon wusste ich ja noch gar nichts.«

»Ich habe doch ›Spontan‹ gesagt. Ich wusste davon auch nichts. Bis ich das vorhin beschlossen habe. Das Wetter ist so gut und wir haben eh noch nichts anderes vor. Papa ist schon in der Stadt, um Getränke und Fleisch zu kaufen. Du kannst jetzt die Lampions aufhängen, den Grillrost sauber machen und die Klappstühle aus dem Keller holen.«

»Sonst noch was?«, frage ich und meine das natürlich ironisch.

»Dann könntest du noch die Fackeln aufstellen und mir dann bei den Salaten helfen.«

»MAMA. Ich weihe heute mein Baumhaus ein. Da muss ich noch total viel machen.«

»Das kannst du ja danach. Jetzt komm, hopphopp.«

Im ersten Moment denke ich echt, dass sie sich bei Jakob angesteckt hat. Ich schnappe mir ein paar Paprika-Streifen.

»Wen hast du denn überhaupt eingeladen?«

»Die Zwillinge mit ihren Eltern, meine Freundin Sonja mit Eric, Frau Hubermeister von gegenüber und unsere neuen Nachbarn. Dann lernen die gleich ein paar Leute kennen.«

Eric? Oh nein. Der Sohn von Mamas bester Freundin ist eine einzige Kampfmaschine. Der Kurze ist gerade mal sieben Jahre alt, aber gemeingefährlich. Letztes Jahr hat der mir fast den Arm gebrochen. Das heißt: Ich bin sicher, dass der wirklich gebrochen war und einfach so wieder zusammengewachsen ist. Dieser kleine Kampfroboter hatte sich mit den Worten »Wir ringen jetzt« damals auf mich geworfen. Ehe ich überhaupt wusste, was der will, lag ich schon mit verknicktem Arm auf dem Boden.

Sonjas Mutter hatte nur gelächelt und gesagt: »Ach, der Eric, das ist aber auch ein Wilder.«

Ich glaube, der ist nicht nur wild, der hat Tollwut

oder so etwas. Mit etwas Glück stürzt der sich heute Abend auf die Zwillinge. Das könnte spannend werden. Mia und Emma gegen Eric. Der Kampf geht bestimmt über mehrere Runden.

9.

Um kurz nach fünf sind wir mit allen Vorbereitungen fertig. Mein Vater versucht mit einem Kehrblech wedelnd die Kohle zum Glühen zu bringen.

Jakob und seine Mutter sind die ersten Gäste. (Jakobs Vater hat Glück und muss arbeiten). Ich schnappe mir gleich Jakob, und während wir damit beginnen, das Netz oben in dem Baum zu verknoten, kommen schon die blöden Zwillinge. Sie sehen aus wie aus einer Kika-Soap, mit Glitzerleggings und albernen Tops, und fangen gleich mit Seilhüpfen an. Danach kommen unsere Nachbarn von der anderen Seite, die meine Mutter kurz entschlossen auch noch eingeladen hat. Herr und Frau Selig haben ihr Enkelkind dabei, einen kleinen Jungen, der offenbar gestern erst laufen gelernt hat. Er fällt andauernd um, außerdem sabbert er fürchterlich. Dann kommt Frau Hubermeister. Sie hat ein großes Blech mit lecker aussehendem Kuchen dabei. Und dann folgt der Auftritt von Eric. Er stapft mit blutrünstigem Blick in den Garten.

»He, Eric«, rufe ich von oben.

Er guckt sich verirrt um.

»Ich bin hier oben«, schreie ich lauter.

Endlich entdeckt er mich.

»Siehst du die Mädels dahinten?« Ich zeige auf Emma und Mia. »Die haben den schwarzen Gürtel in Karate. Komm denen besser nicht zu nahe.«

Gut, somit haben wir Ruhe. Denn Eric nimmt direkt Kurs in Richtung der Mädchen auf. Jakob und ich beenden unsere Fummelarbeit mit dem Netz. Als wir das nächste Mal in den Garten schauen, ist das Schauspiel schon voll im Gange. Die Erwachsenen bekommen nichts mit, weil sie so sehr mit gegenseitigem Kennenlernen beschäftigt sind. Außerdem ist die Musik recht laut, und die Unterhaltung auch – Frau Hubermeier ist nämlich schwerhörig.

Jakob und ich haben die perfekte Perspektive: Ein grandioser Ringkampf mit allen unfairen Mitteln, die man kennt oder nicht kennt, spielt sich im Garten zwischen Eric und den Zwillingen ab. Erst sieht es so aus, als würde Eric gewinnen, aber Minuten später ist der Gute mit dem Springseil an einen Baum gefesselt. Emma und Mia richten ihre Leggings und Tops, holen einen iPod aus der Tasche und fangen an, irgendwas zu hören.

Eric hat sich von dem Schrecken erholt und beginnt zu brüllen. Kurz entschlossen zieht Emma (oder Mia) einen Socken aus und steckt den Eric in den Mund. Jetzt ist nur noch ein »Mmmm« zu hören. Jakob und ich liegen auf der Holzplatte und lachen uns kaputt.

»Ich war mal einen Nachmittag bei denen«, japse ich. »Ich kann ja froh sein, dass ich das überlebt habe!«

»Die sind ja voll krass. Schlimmer als Ninja-Kriegerinnen«, findet Jakob.

In dem Moment brüllt mein Vater. »Die Würstchen sind fertig.«

Wir hangeln uns die Strickleiter runter und setzen uns an den Tisch. Auch Emma und Mia kommen und nehmen mit Unschuldsmienen Platz. Sonja merkt überhaupt nicht, dass Eric fehlt. Wahrscheinlich ist die einfach froh, dass sie gerade kein Kind verarzten muss, das von ihrem Sohn verhauen worden ist. Fröhlich quatscht sie mit meiner Mutter. Doch irgendwann – ich bin schon bei meinem zweiten Würstchen – lässt sie den Blick kreisen und fragt: »Wo ist eigentlich Eric?«

Nachdem wir alle die Schultern gezuckt haben, steht sie auf und macht sich auf die Suche. Emma und Mia essen seelenruhig weiter. Erst als eine wütende Sonja mit einem extrem wütenden Eric auftaucht, gucken sie interessiert hoch.

»Habt ihr meinen Sohn an den Baum gefesselt und mit einer Socke geknebelt?«, will Sonja wissen.

Die Zwillinge nicken. Während Sonja die beiden Mädchen mit ihrer Empörung überschüttet, stopft sich Eric in ungefähr drei Minuten vier Würstchen rein. Gerade als es spannend wird, weil sich nun auch Erics Mutter mit der Mutter der Zwillinge in die Haare bekommt (»Kinder müssen sich wehren dürfen – erst recht Mädchen!«), schlägt meine Mutter vor, dass die Kinder jetzt mal was spielen gehen. Ich gucke mir »die Kinder« mal an. Da haben wir eine rachelüsternde Kampfmaschine, einen Jungen mit peinlichen Ticks, ein Kind, das keine drei Schritte machen kann, und zwei hysterische Hexen.

»Wir können Verstecken spielen«, schlage ich schließlich vor.

Die anderen nicken.

Wir beschließen, dass Eric als Erster suchen muss. Ich ziehe Jakob schnell hinter mir her. Wir verstecken uns einfach in seinem Zimmer, wo ich mir erst mal seine ganzen Hörbücher ansehen kann. Er hat echt superviele. Als uns seine Mutter nach mehr als einer Stunde da findet, ist sie ein bisschen sauer.

»Die anderen haben euch überall gesucht.«

»Das ist ja der Sinn des Spiels«, sage ich nur.

Sie versucht, ihr Grinsen nicht zu zeigen.

»Ihr könnt kommen. Die Zwillinge wollen nach Hause und Eric ist es schlecht. Er hat ein halbes Blech Kuchen gegessen«, erklärt sie uns. »Er hat Bauchschmerzen und muss ins Bett.«

»Dann ist die Luft ja rein«, finde ich. Nachdem wir die Reste des Kuchens, die Eric dankenswerterweise übrig gelassen hat, gefuttert haben, suche ich ein Verlängerungskabel, und dann klettern Jakob und ich ins Baumhaus, um feierlich unsere Lichterkette auszuprobieren. Wir legen uns auf die Platte und dann stecke ich den Stecker ein. Es erstrahlt ein Sternenhimmel in unserem Baum. Wow! Es sieht irre aus. Das Netz wackelt ein bisschen im Wind. Als würden die Sterne ein bisschen zu der Musik von unten wippen.

10.

Es ist 3:27 Uhr in der Nacht, als ich DIE Idee habe. Ehrlich gesagt, wache ich nicht von der Idee auf, sondern weil ich Pipi machen muss. Aber als ich auf dem Klo sitze (ja – ich muss im Sitzen pinkeln!), weiß ich es plötzlich: Jakob und ich werden uns als Freunde anbieten. Als käufliche Freunde.

Es gibt genug eklige Kinder wie Eric, die keine Freunde haben. Wer will mit denen schon zu tun haben? Definitiv niemand. Außer: Man kriegt Geld dafür. Und da kommen jetzt Jakob und ich ins Spiel. Für zwanzig Euro die Stunde würde ich mich von Eric verhauen lassen. Und vielleicht will der ja auch mal was anderes machen. Man kann ja schlecht einen ganzen Nachmittag lang nur kloppen. Vielleicht könnten wir ihn ja auch mal überreden, was zu spielen.

Ich habe mal ein Gespräch zwischen meiner Mutter und Sonja, Erics Mama, mitbekommen. Diese Sonja findet es echt blöd, dass ihr Sohn keine richtigen Freunde hat.

Ich habe das Gespräch gehört, weil ich dooferweise hinter dem Sessel im Wohnzimmer lag, wo ich gerade das aktuelle Süßigkeitenversteck meiner Mutter geplündert hatte, als sie reinkamen. Sie wussten also nicht, dass ich das alles mitbekam. Und ich glaube, ich sollte das auch nicht hören. Ansonsten wäre ich sofort aufgesprungen und hätte Sonja mitgeteilt, dass ihr Sohn vielleicht irgendwann mal Freunde hätte, wenn er nicht jeden im Umkreis von fünf Metern gleich niederwalzen würde.

Nachdem ich also um 3:29 Uhr mit dem Pinkeln fertig bin, setze ich mich an meinen Schreibtisch. Ich mache eine Anti-Freundschafts-Liste. Also: Welche Kinder haben keine Freunde? Das ist genau unsere Zielgruppe. Denen werden wir unsere Dienste anbieten.

Natürlich sind das vor allem solche Egoisten und Schlägertypen wie Eric. Kinder, die sich ganz toll finden und überall die Klappe groß aufreißen.

Des weiteren sind das die fetten Kinder, bei denen alles herumschwabbelt. Also ich meine nicht so ein bisschen pummelig wie Jonas, der der witzigste Typ in unserer Klasse ist, sondern richtig schwabbelfett und unbeweglich und faul (kenne ich eigentlich keinen).

Dann fallen mir nur noch die Klugscheißer ein, mit dicken Brillen, die sich immer wichtig machen und alles besser wissen und der Liebling der Lehrerin sind. (Fällt mir jetzt auch gerade keiner ein, weil unser »Klassenstreber« ein total netter Typ ist, der uns immer die Hausaufgaben abschreiben lässt. Aber bestimmt gibt es auch ganz doofe.)

Dann natürlich die Nerds. Also Jungs, die keine coole Frisur haben, keine angesagten Klamotten tragen und nicht flammender Fan vom FC Bayern oder FC Barcelona oder so sind. Dabei muss ich kurz an mich denken. Aber ich denke schnell weiter. Ich bemerke nämlich gerade, dass ich bis jetzt nur über Jungs nachgedacht habe. Aber es gibt ja auch Mädchen, die keine Freundinnen haben. Weil sie sich nicht auskennen mit so Mädchensachen. Ich kenne mich ganz bestimmt auch nicht mit Mädchensachen aus. Sollen Jakob und ich uns auch als Kauf-Freunde für Mädchen anbieten?

Mir fällt Freya ein und bin absolut dafür.

Wenn ein Mädchen uns buchen will, sind wir zur Stelle.

Ich schreibe »Mädchen im Sonderfall« auf und lege mich wieder ins Bett. Ich habe ein echt gutes Gefühl.

Am Morgen schaufele ich mein Müsli in mich rein, ziehe Jeans und Shirt an und klingle bei Jakob. Seine Mutter schaut mich erstaunt an und sagt. »Es ist kurz vor acht.«

Ich gucke auf meine Uhr und sage: »Das stimmt.«

»Ich vermute, du möchtest zu Jakob«, schlussfolgert sie.

Ich nicke nur.

Sie grinst leicht. »Ja, dann viel Spaß.«

Ich spurte die Treppe hoch, stürme in sein Zimmer und stehe vor einem schlafenden Jakob. Er liegt mit dem Kopf auf dem Fußende.

»Bist du Pippi Langstrumpf, oder was?«, frage ich laut. Eine Antwort bekomme ich nicht. Der ratzt einfach weiter. Ich ziehe die Rollläden hoch und reiße die Fenster auf. Die einzige Reaktion: Jakob zieht sich die Decke über den Kopf. Das kann ja wohl nicht wahr sein! Ich setze mich auf seinen Schreibtischstuhl und drehe mich ein bisschen.

»Okay. Dann ziehe ich es alleine durch und werde alleine richtig fett reich«, sage ich nur.

Er blinzelt mich fragend an und schält sich irgendwie aus seiner Bettdecke. Endlich schnappt er sich eine kurze Hose und ein Shirt. Angezogen und mit einer Zahnbürste im Mund kommt er schließlich aus dem Badezimmer zurück.

»Unwasisses?«, sagt er mit ziemlich viel Schaum im Mund.

»Wir werden käufliche Freunde«, sage ich mit gewichtiger Stimme.

Daraufhin verschluckt er sich, hustet und zeigt mir noch einen Vogel.

Ich hatte mir seine Reaktion irgendwie anders vorgestellt. Er kommt mit leerem Mund zurück und meint: »Du bist echt lustig manchmal.«

»Das sollte eigentlich kein Witz sein«, sage ich beleidigt.

»Komm mit runter. Ich muss erst mal was frühstücken.«

Ich werde ein bisschen sauer, als ich sehe, dass Jakob KEIN Müsli bekommt, sondern Toastbrot mit Butter und Honig. TOASTBROT!

Das fällt für meine Mutter unter die Kategorie »Unnütze Lebensmittel«. Während ich also mit ansehen muss, wie Jakob einen Toast nach dem anderen in sich reinstopft, erkläre ich meinen Plan.

»Es gibt einfach Kinder, die keine Freunde haben. Weil sie vielleicht stinken oder einen Buckel haben oder so fett sind, dass ihr Bauch bis zu den Knien hängt. Das ist für diese Kinder doch total ätzend. Und für die Eltern auch. Eltern wollen doch immer, dass die eigenen Kinder total beliebt sind. Und deswegen sind Eltern auch bereit, dafür zu bezahlen. Uns zu bezahlen.«

Jakob guckt mich verständnislos an. »Deine Macke ist echt noch größer als meine-meine.«

Das ist ja wohl echt eine totale Unverschämtheit. Ich

stehe auf. »Alles klar. Dann lassen wir es. Ich wollte dir damit nur helfen. Ich wollte, dass du reich wirst. Dass du in der Schule bei den Jungs ankommst. Aber offenbar brauchst du meine Hilfe ja nicht.«

Ich gehe Richtung Tür. Soll er sich doch ruhig lächerlich machen. Ist nicht mein Problem.

»Paul, warte-warte.«

Ich drehe mich um.

Jakob verdreht die Augen. »Im Ernst. Wer will mich als Freund-Freund? Bei deiner Geschäftsidee wäre ich ja der erste Kunde«, sagt er leise.

So ganz unrecht hat er damit natürlich nicht. Aber: Wir sind ja zu zweit.

»Überlass das Reden am Anfang mir. Du bist so eine Art Statist. Einer, der einfach so rumsteht und da ist.«

»Dann kannst du das doch gleich alleine machen«, räumt Jakob ein.

»Eben nicht. Wenn ein Kind keine Freunde hat, weil er die totale Petze ist oder ein mega Streber, und dann plötzlich mit einem anderen Kind auftaucht, denken doch alle: Hat der Blödmann wohl einen anderen Blödmann gefunden. Aber wenn dieser Loser plötzlich mit zwei Freunden abhängt, sieht das schon ganz anders aus«, behaupte ich.

Jakobs Blick bleibt skeptisch. »Und wenn es Kinder

gibt, die gar keine Freunde *wollen?* Die gerne alleine sind?«

Ich überlege kurz: »Guck mal, normalerweise gehen Kinder zu anderen Kindern zum Spielen. In der Zeit können die Mütter dann ihre Sachen erledigen, Friseur- und Arzttermine, stundenlanges Telefonieren und so. Wenn das eigene Kind aber nie woanders zum Spielen hingeht, können sie das nicht machen. Die Mütter von solchen Losern werden total froh sein, dass es endlich so einen Service gibt. Wir sind einfach so eine Art anderer Babysitter. Nur im gleichen Alter. Und cooler. Du bist sogar so cool, dass du die ganze Zeit nichts sagst.«

Jakob muss kichern. »Ich stelle mir gerade eine Mutter vor mit ganz wilden Haaren und voll löchriger Zähne, weil sie ja nie zum Friseur oder Arzt kann«, sagt er schließlich.

Offenbar hat er es jetzt gerafft. Genau in dem Moment kommt seine eigene Mutter rein. »Jakob, du denkst dran, dass Frau Mann heute Nachmittag kommt? Hast du deine Übungen gemacht?«

Er verdreht mal wieder die Augen. Darin ist er echt gut. Man sieht fast nur noch das Weiße. Fast gruselig.

»Was denn für Übungen?«, erkundige ich mich interessiert.

»Ich. Muss. Nach. Jedem. Wort. Klatschen«, erklärt

er mir und klatscht dabei wirklich nach jedem Wort in die Hände.

»Und wenn du ein Wort mal wieder wiederholst, musst du dann zweimal klatschen?«

Er lässt den Kopf auf den Tisch fallen.

»Natürlich nicht«, erklärt mir seine Mutter. »Durch das Klatschen sagt Jakob ja kein Wort mehr doppelt. Das Klatschen hält ihn davon ab.«

»Aber glaubt diese Frau Mann, dass Jakob weniger bescheuert wirkt, wenn er nach jedem Wort in die Hände klatscht? Das wird ja lustig, wenn der mal einen Aufsatz vorlesen muss.«

»Irgendwann soll er das Klatschen natürlich weglassen und es sich vielleicht nur noch denken«, sagt Jakobs Mutter.

»Ach so«, sage ich nur und denke mir, dass man doch total einen an der Klatsche bekommt, wenn man nach jedem Wort »Klatsch« denkt. Aber ich will mich da jetzt nicht weiter einmischen.

»Du klatschst jetzt also ein bisschen, und ich fange schon mal mit einem Werbezettel für uns an«, sage ich und verschwinde.

11.

Als ich über die Terrasse in unser Wohnzimmer gehe, werde ich von Fell erwartet. Sie hatte sich offenbar hinter dem Sofa auf die Lauer gelegt. Sie rennt auf mich zu und verkrallt sich in meinem nackten Fuß. Aber nur ganz kurz. Denn ich bin bewaffnet. Seit zwei Tagen trage ich permanent eine Wasserpistole bei mir. Fell hasst Wasser – noch mehr als mich. Ich ziele direkt auf ihren Kopf und drücke ab. Ein dicker Strahl landet zwischen ihren Augen. Sie lässt meinen Fuß sofort los und verschwindet fauchend. Auf dem Rückweg dreht sie sich noch einmal zu mir um und ihr Blick sagt so etwas wie »Das wirst du bereuen«.

Aus Walters Käfig kommt dazu nur: »Ekel. Furzknoten. Doofmann.«

»Selber«, sage ich nur ganz ruhig. Von dem lass ich mich jetzt doch nicht ärgern. Ich gehe an meinen Schreibtisch und überlege. Wie können wir uns am besten anbieten? Das muss nett formuliert sein. Ich kann ja nicht einfach schreiben: »Stinkt Ihr Kind? Hat Ihr Kind so dicke Brillengläser, dass man damit Feuer machen kann? Laufen andere Kinder schreiend weg, wenn Ihr Kind auf den Spielplatz kommt? Dann buchen Sie uns. Uns ist das egal – Hauptsache, Sie zahlen gut.«

Das wäre vielleicht zu direkt.

Meine Mutter kommt ins Zimmer.

»Was machst du da?«, fragt sie mich.

»Ich überlege.«

»Überlegen ist gut. Was genau überlegst du?«

»Es gibt so viele Kinder, die einsam sind, weil keiner was mit ihnen zu tun haben will. Nur weil sie irgendwie anders sind. Jakob und ich finden das gemein und möchten uns als Freunde anbieten«, erkläre ich ihr. Die Sache mit dem Geld lasse ich mal weg. Ich glaube, das fände meine Ma dann doch nicht so gut.

»Das ist eine total gute Idee von euch«, freut sie sich.

»Wir wollen jetzt so ein Flugblatt entwerfen, das wir überall verteilen. Aber ich weiß nicht genau, was ich schreiben soll.«

Sie setzt sich auf meinen Schreibtisch und guckt angestrengt. Offenbar überlegt sie jetzt auch. Nach ein paar Minuten schnappt sie sich einen Zettel und einen Stift und fängt an zu schreiben:

Kinder können gemein und grausam sein.

Sie grenzen andere Kinder aus, machen sich lustig, weil ein Kind einfach nur anders ist. Leidest du darunter?

Dann melde dich bei mir. Lass uns was unternehmen. Ich freue mich auf dich!

Dein Paul

Ich schlucke. Das klingt ja total peinlich und schleimig. Aber wahrscheinlich geht es nicht anders. Jetzt muss ich nur noch die Sache mit dem Stundenlohn unterbringen.

Jakob ist wirklich beeindruckt von dem Text, als ich ihm das Flugblatt später zeige. »Das hätte ich nicht hingekriegt. Wow-Wow«, sagt er, und ich denke im ersten Moment, dass er mich jetzt tatsächlich anbellt.

»Meine Mutter hat mir dabei geholfen«, räume ich ein.

»Deine Mutter? Hast du ihr davon erzählt?«

»Klar. Und sie findet, dass das eine coole Idee ist.«

Er nickt beeindruckt.

»Wir müssen jetzt nur noch unten hinschreiben, was das kostet«, erinnere ich ihn. »Was sollen wir nehmen?«

»Fünf Euro pro Stunde?«, schlägt er irgendwann vor.

»Fünf Euro? So werden wir ja nie reich! Zwanzig Euro mindestens. Und wer uns für drei Stunden bucht, zahlt nur fünfzig Euro. Massenrabatt«, beschließe ich.

»Meinst du, dass jemand wirklich so viel Geld dafür ausgibt, dass wir mit seinem Kind spielen?«

»Klar. Babysitter sind auch nicht billig. Glaube ich. Und fünf Euro klingt so, als hätten wir keine Ahnung.«

»Aber eigentlich haben wir ja auch keine Ahnung-Ahnung«, räumt Jakob vorsichtig ein, und ich merke, wie sein Kopf schon wieder zu zucken beginnt.

»Noch nicht. Jeder fängt ja mal an. Wir schreiben das jetzt mit dem Computer und drucken das hundert Mal aus, und dann verteilen wir das«, befehle ich.

Jakob sieht ein bisschen depri aus.

»Los, wir haben schließlich nicht ewig Zeit. Wenn die Schule wieder anfängt, brauchst du Kohle, und zwar nicht nur fünf Euro.«

Das überzeugt ihn. Wir machen uns mit den Rädern auf den Weg. Zuerst fahren wir Supermärkte an und heften die Zettel an die Schwarzen Bretter neben zu verkaufende Bobbycars und Mathe-Nachhilfe-Angebote. Danach steuern wir Spiel- und Bolzplätze an und lassen ein paar Zettel da liegen.

Stunden später chillen wir im Baumhaus mit Saft, Kirschen, Keksen und Kaugummis und warten auf den ersten Anruf. Wir haben schon etliche Runden Uno hinter uns und sind genervt von dem Gehämmer meiner Mutter. Als ein abgrundtiefer Seufzer ertönt, lehnen wir uns runter, aber es hämmert schon weiter. Meine Mutter haut auf diese Metallplatte ein. Sie sieht verschwitzt aus.

»Sie will so eine Feuerschale machen. Aber ich glaube, das wird nichts.«

»Wieso macht sie die Platte nicht heiß? Dann würde das doch viel besser gehen, oder?«

»Klar. Und wie soll sie die heiß kriegen? In den Backofen passt die nämlich nicht. Und mit dem Föhn oder einem Bügeleisen klappt das wohl kaum.«

»Sie könnte doch den Grill anmachen und die Platte darauf legen-legen.«

Ich gucke ihn überrascht an. Das klingt gar nicht doof. Das klingt sogar richtig gut.

»Bin gleich wieder da«, sage ich nur und klettere so schnell wie möglich die Leiter runter. Unten schlendere ich betont langsam auf meine Mutter zu.

»Na, sieht ziemlich anstrengend aus!«, sage ich.

Sie beugt sich verschwitzt hoch. »Ist es auch.«

Ich nicke ganz langsam und sage dann: »Wie viel zahlst du für eine perfekte Idee, wie du wesentlich schneller zu deiner Feuerschale kommst?«

Sie fixiert mich. Ihre Augen werden ziemlich schmal. »Einen Zehner«, sagt sie endlich. Ihre Arme müssen ihr schon verdammt wehtun.

Ich unterbreite ihr also Jakobs Idee. »Und wenn du den Grill ohnehin anheizt«, füge ich hinzu, »kannst du vielleicht auch gleich ein paar Würstchen drauflegen. Ich habe nämlich Hunger. Ich bin ein Junge im

Wachstum und bekomme hier definitiv zu wenig zu essen.«

Sie guckt mich an, fängt dann an zu lächeln und sagt: »Paul, du bist genial.«

Sollte ich da widersprechen? Ich halte die Hand hin und sie wühlt wirklich in ihrer Jeanstasche und zückt einen Zehn-Euro-Schein.

Damit klettere ich stolz die Leiter wieder hoch.

»Unser erstes selbst verdientes Geld«, verkünde ich oben. »Wir sind nicht nur Kauf-Freunde. Wir sind eine Ideen-Fabrik.«

Jakob grinst breit. »Dann brauchen wir auch einen Namen.«

Ich überlege kurz. »Wir sind die Ideen-Fabrik Paja.«

»Paja?«

»Paul und Jakob«, erkläre ich ihm.

Er verzieht das Gesicht, findet das wohl nicht so überzeugend.

»Wir können uns natürlich auch Jaul nennen. Von Jakob und Paul. Wenn du das besser findest«, sage ich und grinse.

»Wir brauchen was Cooleres. Vielleicht: Mind-Machine-Machine.«

»Oder vielleicht nur Mind-Machine?«

»Mein ich doch-doch!«

Wir grinsen uns an – und klatschen uns ab.

12.

Nachdem wir ein Firmenschild gebastelt, am Baumhaus angebracht und uns mit Würstchen gestärkt haben, muss Jakob rüber. Er hat mal wieder Gesangsunterricht.

Alleine ist es langweilig hier oben und deshalb gehe ich mal wieder bei Leon vorbei. Mein Versuch mit der dunkelgrünen Seite aus dem Farbkatalog hat auch nicht funktioniert. Er ist immer noch grau.

Vielleicht hat er in der Chamäleon-Schule gefehlt, als Farben durchgenommen wurden, denke ich. Vielleicht ist er aber wirklich nur farbenblind, und es würde ihm reichen, wenn ihm ein anderes Chamäleon auf Chamäleonisch die jeweilige Farbe zuflüstern würde. Somit wäre es vielleicht eine gute Idee, ein zweites Chamäleon zu kaufen. Aber: Was, wenn Leon nicht weiß, wie »Blau« oder »Braun« geht? Dann würde es ihn doch total deprimieren, ein funktionierendes Tier neben sich zu haben. Ich würde es auch nicht mögen, wenn ich mit einem tollen Fußballer in einen Käfig gesperrt würde, damit ich besser Fußballspielen lerne. Leons Anblick hat mir schlechte Laune gemacht. Und genau mit dieser Laune gehe ich auf den Dachboden zu meiner Kugelbahn. Ich habe sie aus Klorollen gebaut, die ich verbunden und unter die Decke gehängt habe. Tagelang habe ich geklebt, gehängt, das Gefälle korrigiert, neue Abzweigungen eingebaut. Ich sehe sofort, dass schon wieder was kaputtgegangen ist, und will sofort hin, um es zu reparieren. Aber in der Bewegung halte ich inne. Ich betrachte das traurige Werk und finde es plötzlich nur noch peinlich.

Ich bin verdammt noch mal zwölf Jahre alt. Wieso hänge ich halbierte Klorollen an die Dachbodendecke? Die anderen Jungs in meiner Klasse spielen mit ihren iPads oder PlayStations oder Wiis und ich hänge Klorollen auf. Gut, dass ich das noch niemandem gezeigt habe. Ich reiße die Bahn runter und trample auf den Rollen rum. Bloss weg damit.

Ich habe neue Pläne mit dem Dachboden. Das wird hier die Mind-Machine-Zentrale. Hier werden Jakob und ich neue Ideen entwickeln, vielleicht irgendwas erfinden und unsere Einsätze als Miet-Freunde koordinieren. Und deswegen schnappe ich mir meinen großen Zeichenblock und Reißzwecken und pinne ein paar weiße Blätter an die Wand. Auf das erste schreibe ich oben fett »IDEEN«, auf das nächste »ERFIN-

DUNGEN« und auf zwei weitere »TERMINE MIETFREUNDE«.

In Tatorts und so Krimis pinnen sich die Ermittler auch immer alles Wichtige an eine Wand. Davor sitzen sie dann stundenlang, trinken Kaffee aus Plastikbechern, sehen supermüde aus und haben dann die alles entscheidende Idee. Also: Wir brauchen auch was zu trinken hier oben. Keinen Kaffee natürlich. Ich hole aus dem Keller zwei Flaschen Apfelsaft, eine Flasche Wasser und eine Flasche Himbeersirup. Der ist natürlich total ekelig. Aber so sieht es vielfältiger aus. Ich verteile auch noch ein paar Blöcke und Stifte auf dem Boden. Das sieht geschäftiger aus. Natürlich würde ich hier auch gerne noch ein Tablet und Handys und Digitalkameras deponieren. HABE ICH ABER NICHT.

13.

Meine Mutter weckt mich am nächsten Morgen um halb neun mit dem Telefon in der Hand.

»Kann man dich mieten?«, fragt sie.

Ich mache die Augen auf, frage mich kurz, wer ich bin, ob ich wohl zu mieten bin und ob ich mich nicht einfach wieder schlafend stellen kann. Dann fällt es mir ein.

»Ja, ja. Gib mal.« Ich greife nach dem Telefon.

»Wer ist da?«, frage ich mit meiner tiefsten Stimme.

»Bist du der Miet-Freund?«, will jemand am anderen Ende der Leitung wissen. Ich schätze den Typen der Stimme nach so auf siebzehn oder achtzehn. Sucht der für sich selber? Das wird wohl dann ein ziemlicher Reinfall für ihn. In dem Alter wird man ja nicht gerade beliebter, wenn man mit zwei Zwölfjährigen rumhängt. Oder hat der auch eine Macke – wie Jakob? Vielleicht könnten die dann einen »Macken-Club« aufmachen.

»Bin ich«, sage ich erst mal nur.

»Alles klar. Ich brauch dich heute um zehn hier«, sagt der Typ ziemlich bestimmt.

»Uns. Wir sind zu zweit«, kläre ich ihn auf.

»Alles klar, dann eben ihr.« Er klingt ziemlich cool.

»Und du bist sicher, dass du uns als deine Freunde brauchst?«, erkundige ich mich vorsichtig. Ich habe keine Lust, da aufzulaufen, und dann stellt er fest, dass er mich und Jakob blöd findet.

»Ob ich dich als Freund brauche?« Er lacht total laut. »Sicher nicht. Alter, ich habe echt genug Freunde. Ich brauche einen Sitter für meine kleine nervige Schwester. Meine Eltern müssen weg und ich soll auf sie aufpassen. Und das ist echt nichts für mich. Also. Um zehn Uhr, Maienweg fünf.«

»Das mit dem Honorar hast du gelesen?«, frage ich sicherheitshalber.

»Klar. Ein Zwanni die Stunde. Geht voll in Ordnung.«

Wir kommen überpünktlich um zehn vor zehn an – vor einer riesigen Villa mit schmiedeeisernem Gitter und hohem Zaun. Am Klingelschild ist noch nicht mal ein Name. Ich drücke zwei Mal auf den fetten Knopf. Erst knackt es im Lautsprecher, dann sagt die coole Stimme vom Telefon: »Guckt mal in die Kamera.«

»Wo ist denn hier eine Kamera?«, frage ich irritiert zurück.

»Direkt neben dem Klingelknopf, du Depp.«

»Selber Depp«, flüstere ich und starre neben den Klingelknopf.

»Alles klar. Kommt rein.«

Wir müssen eine richtige Kiesauffahrt hoch, ehe wir vor der riesigen Eingangstür stehen.

»Hi, ich bin Patrick«, grüsst uns so ein lässiger Typ. Er mustert uns.

»Kann mir schon vorstellen, dass ihr euch Freunde mieten müsst«, grinst er feist.

»Wir mieten uns keine Freunde«, sage ich ganz langsam. »Wir werden gemietet. Und in diesem Fall wohl von dir.«

Er hebt die Hände hoch, als würde ich eine Pistole auf ihn halten.

»Treffer. Aber ihr seid echt meine Rettung. Meine Eltern sind vor einer halben Stunde gefahren. Und in diesen dreißig Minuten hätte ich meine Schwester am liebsten ein Mal erwürgt, zwei Mal ertränkt und drei Mal mit dem Kopf zuerst aus dem Fenster geworfen. Ich muss jetzt dringend los. Unsere Alten sind heute Mittag halb eins zurück. Sicherheitshalber bin ich um zwölf wieder da. Die müssen das ja nicht unbedingt mitkriegen.«

»Wird deine Schwester das nicht sagen-sagen?«, mischt Jakob sich plötzlich ein. Sein Kopf wackelt schon wieder bedenklich.

»Ach du Scheiße«, kommentiert der Typ ihn nur. »Keine Sorge«, sagt er dann. »Ich habe ihr schon Schweigegeld gezahlt.«

»Apropos Geld. Was ist mit unserem Honorar?«, mische ich mich mal ein.

Ich habe echt keinen Bock, dass diesem Bruder heute Mittag einfällt, dass er gar kein Geld mehr hat.

»Du bist Geschäftsmann, was?« Er grinst wieder und greift in seine Hosentasche.

»Hier ist euer Honorar. Ihr werdet sehen, das müsst ihr euch echt hart verdienen.« Er zögert kurz. »Aber nicht abhauen, klar? Denkt dran, ich habe eure Telefonnummer! Ich finde euch!«

Er drückt mir *und* Jakob je vierzig Euro in die Hand. Eigentlich war das Honorar für uns zusammen gemeint, nicht für jeden einzeln. Natürlich korrigieren wir dieses kleine Missverständnis nicht.

»Ich bin dann weg. Das Monster ist oben. Zweite Tür rechts. Es wäre gut, wenn ihr nichts kaputt macht.«

Damit schnappt er sich einen Helm, schwingt sich auf ein Motorrad und saust die Auffahrt runter, dass der Kies nur so spritzt.

»Auf in den Kampf«, sage ich viel mutiger, als ich mich fühle. Jakob und ich gehen vorsichtig eine breite Treppe hoch. Hinter der zweiten Tür rechts tobt ein fürchterlicher Streit.

»Das ist mein Kleid. Zieh es sofort aus.«

Dann: »Du Miststück. Du hast es mir geklaut.«

Dann: »Du Lügnerin. Du hinterhältige Lügnerin.«

Dann: ein Schlag. Oder ein Boxkampf.

Vorsichtig öffnen wir die Tür. Inmitten eines rosaroten Chaos sitzt ein kleines Mädchen und lässt zwei Barbies aufeinander einschlagen. Sie guckt kurz hoch: »Ihr nehmt jetzt die anderen beiden.«

Nachdem wir mit der kleinen Nervensäge Carmen gefühlte hundert Minuten Barbie gespielt haben und uns von ihr haben herumkommandieren lassen, denke ich zum hundertsten Mal: ZUM GLÜCK SIEHT UNS KEINER!

»Wollen wir nicht mal was anderes spielen?«, versuche ich es vorsichtig.

»Was denn?«

Sie guckt feindselig. Offenbar ist es unter Höchststrafe verboten, an ihren Spielideen Kritik zu äußern.

»Hast du ein iPad oder so was?«, frage ich vorsichtig.

»Das kriege ich erst mit sechs«, pflaumt sie mich an. »Was denkst du denn!«

Schade.

Plötzlich hat sie so einen komischen Gesichtsausdruck. »Wir gehen auf den Spielplatz«, verkündet sie. Ihre Augen strahlen.

Jakobs Blick trifft mich wie ein Laserschwert. Wenn wir jetzt mit diesem Horror-Albtraum in Rosa zusammen auf einem Spielplatz gesehen werden, wird es richtig peinlich. RICHTIG. PEINLICH. Wir schlagen alles vor: Verstecken spielen, den Kühlschrank leer futtern, Stopptanz, Schokokuss-Wettessen. Aber Carmen bleibt dabei. Sie will auf den Spielplatz. Außerdem hätte ihr Bruder ihr versprochen, dass wir alles machen, was sie will.

Ich zucke die Schultern. Immerhin sind wir ganz am anderen Ende der Stadt, fast alle anderen sind in den Ferien.

»Also los«, sage ich. »Aber um zwölf müssen wir zurück sein.«

Carmen ist plötzlich wie ausgewechselt. Die gerade noch so strenge und motzige Tussi, die so brutal mit ihren Barbies gekämpft und im Befehlston mit uns gesprochen hat, hüpft singend über den Gehsteig, springt dann auf dem Spielplatz wie verrückt auf dem Trampolin. Dann rennt sie zur Schaukel. »Ihr müsst mich anschubsen«, ruft sie begeistert.

Ich stelle mich hinter sie, schubse sie an und sie juchzt vor Freude total laut. Die beiden Jungs aus der Klasse unter mir sehe ich zu spät.

»Guck mal, der Paul hat 'ne Freundin«, kichert einer von den beiden.

Am liebsten würde ich die beiden jetzt ungespitzt in

den Boden rammen. Aber dann würde diese Carmen bestimmt heulen und Jakob würde so was Sinnvolles wie »Warum machst du das-das-das?« von sich geben.

»Abmarsch«, sage ich nur sehr bestimmt. »Wir müssen nach Hause.« Ich bremse Carmen auf der Schaukel aus, schnappe mir ihre Hand und zerre sie Richtung Straße. Jakob folgt uns kopfschüttelnd.

Carmen zetert natürlich herum und quengelt und heult. Ich muss wieder an Eric mit dem Socken im Mund denken. Das wäre jetzt eine echte Erlösung.

»Ich muss mir noch Süßigkeiten kaufen«, verkündet Carmen plötzlich, reißt sich los und rennt zum Kiosk an der Ecke. Dort kauft sie eine Kinderschokolade, eine Tüte Gummibären, zwei Überraschungseier, eine Tüte Flips und drei Packungen Erdbeer-Kaugummis. Alles bezahlt sie lässig mit einem Fünfzig-Euro-Schein. Sie steckt sich gleich zwei (!) Kaugummis auf einmal in den Mund. Uns bietet sie keins an. Dann biete ich ihr auch nicht an, den Krams zu tragen.

»Vielleicht können wir bei dir ja noch ein bisschen fernsehen«, schlage ich gerade vor, als wir auf die Kiesauffahrt abbiegen.

Dort – genau vor der Haustür – stehen ein kackbrauner Jaguar und eine sehr blonde Frau. In dem Moment, in dem sie Carmen entdeckt, wird sie zur Furie. Sie starrt uns an, spurtet dann auf uns los und brüllt: »Was macht ihr mit meiner Tochter? Was habt ihr mit ihrem Bruder gemacht?«

Jakob hält sich die Ohren zu und presst die Augen zusammen. Toller Plan.

Carmen hat mittlerweile alle Tüten mit Bären und Flips und die Schokolade unter eine Hecke geworfen. Sie geht ganz schüchtern auf ihre Mutter zu. »Mami, da bist du ja«, sagt sie und tut so, als würde sie echt heulen. »Die Jungs da haben gesagt, ich müsste mit ihnen mitgehen.«

»Wie bitte?«, versuche ich mich einzumischen, doch weder Mama noch Tochter wollen das hören.

»Ich hatte so eine Angst. Ich weiß nicht, wo Patrick ist. Vielleicht haben sie den ja entführt?«

Mit kugelrunden Augen, aus denen echt Tränen kullern, schaut sie ihre Mama an.

Dieses Miststück.

Die Mutter drückt ihre Tochter panisch an sich und schreit in Richtung der offenen Haustür: »Friedhelm, komm schnell. Patrick wurde entführt. Wir müssen die Polizei anrufen!«

»Die haben mir ganz viel Süßigkeiten gekauft, damit ich mit ihnen mitgehe. Dabei mag ich ja keine Süßigkeiten. Ich habe die einfach da unter die Hecke geschmissen. Vielleicht sind die ja sogar vergiftet«, legt Carmen nach.

»Sag doch was-was«, flüstert Jakob mir zu.

»Wir haben Patrick nicht entführt«, bringe ich endlich raus. Leider hört das niemand, weil in diesem Moment der Vater aus dem Haus kommt: »Was ist hier los?« Sein Stimme klingt wie von einem toughen Fernsehkommissar. Er mustert uns wie zwei Mistkäfer, auf die man am liebsten drauftreten will.

»WIR HABEN PATRICK NICHT ENTFÜHRT«, brülle ich nun. Irgendwie muss ich mir ja mal Gehör verschaffen.

»So haben sie mich die ganze Zeit angebrüllt«, behauptet Carmen jetzt und drängelt sich noch enger an ihre Mutter.

»Du lügst-lügst«, sagt daraufhin Jakob, und in die verblüffte Pause sage ich schnell: »Ihr Sohn hat uns gemietet als Babysitter für seine Schwester. Wir waren mit Carmen ein bisschen auf dem Spielplatz und jetzt wollten wir sie zurückbringen.«

»Auf dem Spielplatz?«, kreischt daraufhin die Mutter. Sie klingt als hätte ich nicht »Spielplatz« sondern »Autobahn« gesagt. Hektisch fängt sie an, Carmen zu untersuchen. »Wisst ihr denn nicht, wie gefährlich so ein Spielplatz ist? Da kacken die Hunde in den Sand. Da liegen überall Scherben von diesen Pennern. Da lauern doch die Zecken schon in der Hecke«, behauptet sie jetzt entrüstet. Und ich denke: Kein Wunder, dass Carmen so einen Spaß auf dem Spielplatz hatte. Offenbar war sie zum ersten Mal dort.

»Ihr seid Babysitter?«, mischt der Vater sich jetzt ein.

»Eigentlich sind wir Miet-Freunde. Jeder, der einen Freund braucht, kann uns buchen«, erkläre ich ihm unser Geschäftsmodell.

»Interessant«, kommentiert er das, worauf seine Frau noch lauter kreischt. »Interessant? Ich bete nur, dass Carmen sich da in der Wildnis nicht irgendeinen gefährlichen Virus eingefangen hat. Ich dusche sie jetzt sofort ab.«

Ganz brav trippelt Carmen hinter ihre Mutter ins Haus. Ehe sie ganz verschwindet, dreht sie sich noch mal um und grinst uns an.

»Wir gehen dann mal«, sage ich. Ich will echt nur noch hier weg.

»Ihr kriegt doch noch euer Honorar. Wie viel kostet denn so ein Freund?«, will der Vater plötzlich wissen.

»Vierzig Euro. Jeder«, sage ich schnell.

Er zieht einen Fünfziger und drückt ihn mir in die Hand und sagt: »Mehr habe ich nicht.« In der Ferne höre ich ein Motorradgeräusch. Jetzt aber nichts wie weg. »Ist schon okay!« Ich haue Jakob auf die Schulter. »Komm schon. Der nächste Termin wartet.«

14. 

Wir verkrümeln uns sofort ins Baumhaus. Wir legen die Scheine vor uns hin. Hundertdreißig Euro. Nicht übel.

»Das mache ich nie wieder-wieder«, stöhnt Jakob und lässt sich auf den Rücken fallen.

»Was denn? Wir haben hier über hundert Euro liegen«, widerspreche ich. »In nicht mal zwei Stunden verdient!«

»Alter, wenn die Mutter eine Knarre gehabt hätte, hätte die uns abgeknallt.«

»Hätte sie nicht. Dann hätten wir ihr ja nicht verraten können, wo wir den angeblich entführten Patrick versteckt haben«, grinse ich zurück. Ich lege mich auch hin. »Ich gebe ja zu. Unser erster Kunde war ein bisschen speziell. Aber wir brauchen die Kohle. Allein der neue iPod-Touch kostet über zweihundert! Du musst fett ausgestattet sein, wenn die Schule anfängt. Alle müssen so neidisch sein, dass ihnen deine Macke erst gar nicht auffällt. Warte ab, der nächste Kunde ist bestimmt total nett. Irgendein Kind, das ganz neu hier ist und niemanden kennt. Mit dem können wir ein paar Stunden Monopoly oder so etwas spielen und es klingelt wieder in der Kasse.« Mit diesen Worten mache ich Jakob (und mir) ein bisschen Mut.

Aus Langeweile knüpfen wir eine Art Vorhang vor das Baumhaus. Ohne sitzt man wirklich wie auf einem Silbertablett da oben. Von einem Dach hat mein Vater mir aus Statikgründen abgeraten. Also knoten wir Seile an einen Ast oberhalb der Seite, die zur Terrasse zeigt. Von dort aus befürchte ich natürlich die meisten neugierigen Blicke. Es sieht wirklich nicht übel aus, leider reicht ein leichter Windhauch, und die Seile flattern im Wind. Von Sichtschutz ist dann keine Rede mehr. Man hockt dann da wie auf dem Klo, wenn man mal wieder vergessen hat, abzuschließen.

»Wir müssen das irgendwie beschweren«, überlege ich laut.

»Wir könnten Zweige mit Blättern daran binden«, schlägt Jakob vor.

»Genau, und unten knoten wir noch Metall-Muttern dran. Die sind schön schwer.«

Es wird immer besser. Durch die Zweige mit den Blättern entsteht sogar eine Art Tarneffekt. Im ersten Moment kann man das Haus gar nicht sehen.

Ich will uns gerade einen Eistee holen, weil wir super verschwitzt sind, da passiert es. Ich weiß nicht genau, warum Fell sich so verschätzt hat. Auf jeden Fall hat sie wohl von einem Ast aus zum Sprung angesetzt, um auf mir – wo sonst – zu landen, verfehlt mich allerdings und landet mit dem Po direkt auf dem Werkzeugkasten, der noch unter dem Baum stand. Ich weiß sofort, dass irgendwas mit ihr nicht in Ordnung ist. Sie rennt nicht wie sonst blitzartig weg. Sie bleibt einfach da liegen und fängt dann an zu wimmern. Ich klettere schnell die Leiter runter und gehe vorsichtig auf sie zu. Hinterher ist das nur eine hinterhältige Falle, und sie tut nur so, als ob sie verletzt sei. Ihr Wimmern wird immer lauter. Sie hört sich fast wie ein weinendes Baby an. Ganz sacht streiche ich über ihr Fell und sie leckt meine Hand. Wenn sie das tut, muss es ihr verdammt schlecht gehen. Ihre Hinterbeine liegen merkwürdig schräg unter ihr. Ich renne rein, suche meine Mutter. Ich finde sie schließlich vor der Haustür, wo sie kleine Glöckchen mit unsichtbaren Nylonfäden an den Briefkasten hängt.

»Lustig, oder? Da hören wir gleich, wenn der Postbote da war.«

Ich ignoriere das einfach. »Komm mit. Ich glaube, Fell hat sich verletzt.«

Die Katze liegt immer noch auf dem Werkzeugkasten. Meine Mutter streichelt sie auch kurz und beauftragt mich dann, den Katzenkorb zu holen. »Wir fahren zu Papa. Der muss sich das angucken. Fell ist doch sonst nicht so zimperlich.«

Das kann man wohl sagen.

In der Praxis kommen wir sofort an die Reihe. Fell jammert einfach zum Steinerweichen.

»Was ist denn passiert?«, will mein Dad natürlich sofort wissen.

»Sie ist vom Baum gefallen. Irgendwie abgerutscht«, erkläre ich.

Er runzelt die Stirn.

»Oder hast du sie vielleicht geschubst, weil du wieder mal dachtest, sie will dich angreifen?«, mischt meine Mutter sich ein.

»Nein. Ich habe sie nicht geschubst. Sie WOLLTE mich wieder einmal angreifen und ist danebengesprungen«, erkläre ich. Aber ich merke, dass mir keiner so richtig glaubt. Vielleicht deswegen, weil es tatsächlich so hätte sein können. Aber es war doch nicht so.

Das Röntgenbild zeigt es: Beide Hinterbeine von Fell sind gebrochen. Vorsichtig gipst mein Vater sie ein. Vorher hat er Fell eine Spritze zur Beruhigung gegeben. Sie wirkt ein bisschen wie in Trance. Von mir aus sollte sie jeden Tag so eine Spritze bekommen. Wir würden uns dann echt besser vertragen.

»Wie soll sie denn so laufen?«, frage ich vorsichtig.

»Sie wird so überhaupt nicht laufen können. Du wirst sie tragen müssen.«

»Zum Fressen, zum Trinken, zum Katzenklo?«

Mein Vater nickt nur.

Na super.

Zum Abschluss der Behandlung kriegt Fell noch eine Art Lampenschirm um den Hals. »Damit sie nicht versucht, sich den Gips selber wieder abzumachen«, erklärt mein Vater.

Ich sehe es förmlich vor mir: Ich fahre mit dem stotternden Jakob und einer Katze samt Lampenschirm hinten auf dem Fahrrad durch die Stadt. Wie lange wird es wohl dauern, bis die Leute kichernd mit dem Finger auf mich zeigen?

15.

Zu Hause legen wir Fell auf die Couch. Walter beschimpft uns dabei die ganze Zeit. »Armleuchter. Kotzbrocken. Faulpelz.« Meine Mutter wirft ein Handtuch über den Vogelkäfig, damit Walter die Klappe hält. Sie findet, das sei jetzt eine Zumutung für Fell. Als ob die Katze verstehen würde, was der Papagei da von sich gibt.

Ich gehe direkt zu Jakob rüber, um ihm von den gebrochenen Pfoten zu erzählen. Er liegt in seinem Zimmer auf dem Boden und macht Sit-ups. Von irgendwo zählt eine Stimme mit. »Noch fünf, noch vier, noch drei, noch zwei und noch eine. Und geschafft. Kurze Pause.«

Meine Augen suchen das Zimmer ab. Auf dem Schreibtisch entdecke ich das iPad, auf dem offenbar eine Sport-App läuft.

»Und nun: Liegestütze. Zehn mindestens«, tönt es aus dem Gerät.

Jakob hat sich in Startposition begeben und fängt an.

»Warum machst du das?«, frage ich erstaunt. Will der jetzt Bodybuilder oder so etwas werden?

»Wenn du schon so eine Macke hast, brauchst du mindestens Muckis. Sonst hast du total verloren«, keucht er während der Liegestützen.

»Raffe ich nicht.«

»Früher war ich dünn und hatte meinen tollen Tick. Glaub mir, da wurde ich nicht nur mit Worten fertig gemacht.« Er guckt mich von unten grinsend an. »Mach doch mit.«

Ihm zuliebe lasse ich mich auf den Boden fallen und versuche mich auch hochzudrücken. Ist nicht so mein Ding. Fünf schaffe ich. Die letzte war schon ein bisschen gemogelt. Ich schmeiße mich auf Jakobs Bett. »Ist nichts für mich.«

Er setzt sich neben mich. »Im Ernst, ich will nur stark genug aussehen, damit keiner meint, er könnte mir eine reinhauen. Wie geht es Fell?«

»Schlecht. Sie hat beide Beine gebrochen. Mein Vater hat sie eingegipst.«

»Fell?«

»Nein. Nur die Beine.«

»Die Arme.«

»Nein. Beine«, grinse ich.

Mir fällt auf, dass Jakob in meiner Gegenwart immer weniger diesen Echo-Tick hat.

»Und wie läuft sie jetzt?«

»Gar nicht. Ich muss sie rumtragen.«

»Musst du sie auch oben auf den Schrank setzen, damit sie sich von dort aus auf dich werfen kann?«

»Sicher nicht.«

»Aber das ist doch todlangweilig für das Tier. Den ganzen Tag rumliegen.«

»Ihr Problem. Sie hätte mich ja nicht angreifen müssen.«

Ich sehe an seinem Blick, dass Jakob mir gar nicht mehr zuhört. Er hat diesen Ich-muss-nachdenken-Blick.

Fell ist ein bisschen irritiert, als wir kurz darauf mit drei Kisten Lego bei ihr im Wohnzimmer auftauchen. Leider hat meine Mutter das Handtuch wieder von Walters Käfig genommen und er empfängt uns mit »Blödian. Nervensäge. Lutscher«.

Jakob guckt ihn an. »Der hat echt einen Hau, oder?«

Ich nicke. »Stell dir vor, der hätte jetzt auch noch deine Macke. Das wäre ja kaum auszuhalten.« Dann nehmen wir Maß bei Fell. Jakob hatte nämlich die geniale Idee, ihr einen fahrbaren Untersatz aus Lego zu bauen, auf den Fell ihr Hinterteil würde platzieren können. Mit den Vorderpfoten könnte sie dann normal laufen und der Rest würde hinterherrollen. Als wir ihr Hinterteil ausmessen, sehe ich in ihren Augen, wie gerne sie jetzt entweder weglaufen oder mir ins Gesicht springen möchte.

»Lass uns viele Räder nehmen«, schlage ich vor. »Dann verteilt sich das Gewicht besser. Mit dem Gips ist die ja ganz schön schwer. Und wenn ein Rad wegknickt und sie runterfällt, wird sie mich mehr als vorher hassen.«

Als das Katzenmobil gerade fertig ist, kommt meine Mutter rein.

»Ich habe Plätzchen gebacken. Möchtet ihr welche?«

Ehe ich laut »NEIN« sagen kann, hat Jakob schon »Ja-ja« geantwortet. Er hat ja keine Ahnung, was er gleich serviert bekommt. Meine Mutter ist der Meinung, dass man Plätzchen auch ohne Zucker backen kann. Kann man. Aber sie schmecken nicht. Das ist aber noch nicht einmal das Hauptproblem. Sondern die Konsistenz: Mamas Plätzchen sind steinhart. Ich weiß nicht, wie sie es schafft, aus Mehl, Eiern und was weiß ich so schwere, harte Dinger hinzukriegen. Vielleicht mischt sie auch Beton darunter. Jeder andere hätte sich wahrscheinlich auch gefragt, warum jemand im absoluten Hochsommer auf die Idee kommt, Plätzchen zu backen. Solche Fragen stelle ich mir schon lange nicht mehr.

Sie kommt aus der Küche mit einem schwer beladenen Teller zurück. »Mir war vorhin so nach Plätzchenbacken«, lacht sie.

Das ist das Problem mit meiner Mutter. Andauernd »ist ihr nach irgendwas«. Nach Mülltonnenanmalen, nach Meteoritentöpfern oder nach Gemüse-selber-Anpflanzen.

Jakob steckt sich lächelnd das erste Plätzchen in den Mund, versucht zu beißen und guckt mich dann panisch an.

»Keine Sorge, wenn du das so zwanzig Minuten im Mund gehabt hast, kannst du es durchbeißen«, beruhige ich ihn.

Er schiebt sich das Ding in die rechte Backentasche. »Bist du sicher, dass man die essen kann-kann?«

»Gestorben ist noch keiner daran«, sage ich und verschweige, dass mein Onkel sich schon mal einen Eckzahn an den Dingern abgebrochen hat. »Komm, während du lutscht, können wir versuchen, Fell auf ihren Wagen zu heben.«

Ganz langsam nähern wir uns mit dem Gefährt der Katze. Sie schaut uns argwöhnisch an. Ich hebe sie ganz vorsichtig an und flüstere: »Wenn du mich jetzt kratzt, stelle ich dich auf dem Dorfplatz aus, und alle werden sich über diese Katze mit Lampenschirm kaputtlachen.«

Sie scheint mich verstanden zu haben, denn ihre Krallen bleiben drin. Endlich habe ich sie richtig platziert. Ihr Hinterteil liegt auf dem Lego-Auto, vorne steht sie auf den Vorderpfoten. Die ganze Situation scheint ihr merkwürdig. Also versucht sie wegzulaufen. Und es funktioniert! Zuerst. Sie rennt die ersten Meter, ihr Popo rollt hinter ihr her. Dann geht sie leider in eine Kurve und ihr Hinterteil samt Auto knallt auf die Seite.

»Die muss erst mal ein paar Fahrstunden machen«, meint Jakob.

Schnell haben wir den Wagen wieder repariert und die Rollen wieder aufgesteckt.

»Im Ernst«, meint Jakob. »Wir müssen es ihr erklären.«

Ich reiße die Augen auf. »Du beherrschst die Sprache der Katzen? Auf was für einer coolen Schule warst du denn? Ich habe bis jetzt nur Englisch.«

Jakob hat sich vor Fell auf den Boden gelegt und zeigt ihr das Auto. Er erklärt ihr alles ganz langsam. »Du bist quasi so etwas wie ein Lkw. Deine Beine vorne sind die Zugmaschine. Und hinten das ist der Anhänger.«

Ich pruste los. »Ich bin mir wirklich nicht ganz sicher, ob Fell das Wort Zugmaschine schon mal gehört hat und es richtig einordnen kann.«

Er ist aufgestanden, guckt mich ganz ruhig an. »Du hast recht-recht. So versteht sie es wohl nicht. Wir müssen es ihr vormachen.«

Ich höre sofort auf zu lachen. »Das meinst du nicht im Ernst, oder?«

Leider sehe ich ihm an, dass er das wirklich vorhat.

»Also ich passe mit meinem Hinterteil nicht auf das Teil da«, sage ich nur.

»Deswegen müssen wir ja auch noch ein größeres bauen«, kontert er sofort.

»Okay, ich baue. Und du machst dieser gemeingefährlichen Katze dann vor, wie sie sich ab sofort fortbewegen soll. Ich filme das Ganze mit deinem Handy, wir stellen das auf YouTube und werden mit dieser dämlichen Nummer total berühmt. Und reich.«

»Wenn du mich filmst, erzähle ich deinen Eltern, du hättest Fell doch geschubst und dabei ganz gemein gelacht.«

»Und so etwas will mein Freund sein«, stöhne ich.

Er grinst. »Will ich?« Mehr sagt er nicht, aber er sieht ganz zufrieden aus.

16.

Wir nehmen zwei große Platten, stabilisieren die mit zwei Lagen Steinen und stecken alle Rollen darunter, die ich noch habe.

»Du kannst jetzt Platz nehmen«, fordere ich Jakob auf, als der Anhänger fertig ist.

Er schiebt sein Rollbrett direkt vor Fell, legt seine Beine ganz vorsichtig darauf. Dann beginnt er, sich mit den Händen nach vorne zu ziehen.

Fell schaut zu, wie Jakob sich durch den Raum bewegt. Ich bin sicher, sie ist kurz davor, leicht mit dem Kopf zu schütteln. Er rollt zu ihr zurück und sagt: »So, jetzt bist du dran.«

Ich lege ihre Hinterbeine wieder auf ihren Karren und setze die Vorderpfoten vorne auf.

»Wie wäre es mit einem Rennen? Wer von euch beiden zuerst an der Tür ist, bekommt eine Extraportion Whiskas«, lache ich.

Aber es funktioniert. Jakob rollt langsam los und Fell macht es ihm nach. Ganz langsam setzt sie ihre Vorderpfoten. Sie scheint genau zu wissen, wo sie hinwill. Sie rollt quer durchs Wohnzimmer zur Tür, quer über den Flur und zu ihrem Katzenklo.

»Die muss kacken«, stellt Jakob überflüssigerweise fest. Dann schauen wir uns an und müssen lachen.

»Na, wenn das von dir mal keine beschissen gute Idee war!«, schnaufe ich. Seine Antwort geht in Lachsalven und Gegacker unter.

17.

Am nächsten Tag muss ich beim Einkaufen helfen. Das klingt ja jetzt nicht so schlimm. Außer man hat eine Mutter wie meine. Die fährt nicht einfach in einen Supermarkt. Nein, nein. Das wäre ja viel zu einfach! Meine Mutter hat für alles einen speziellen Zulieferer.

Wir starten mit dem Brot. Das kauft meine Ma in einem Laden mit dem lustigen Namen »Backwahn«. Und ich finde ja, dass der Typ da selber richtig teigig aussieht. Ewig lange quatscht er mit meiner Ma über Brotvarianten. Weil mir bei diesen Einkaufstouren – eigentlich Einkaufstorturen – immer so langweilig ist, habe ich ein Spiel erfunden: Ich bin im Besitz einer geheimen Formel, mit der man die Welt beherrschen kann. Und deswegen sind der amerikanische, chinesische und russische Geheimdienst hinter mir her. Sie alle wollen mich entführen, um durch brutalste Foltermethoden die Formel aus mir rauszuquetschen. Während meine Mutter und »Bernd, das Brot« also labern und labern, drehe ich mich immer wieder panisch um, dann schleiche ich zur Tür, spähe vorsichtig um die Ecke. Ich registriere, wie »Bernd, das Brot« einmal irritiert zu mir guckt, sich dann aber weiter über Olivenbaguette auslässt. Ich habe meine rechte Hand natürlich unter das Shirt geschoben und tue so, als hätte ich eine Waffe versteckt. Endlich sind wir fertig. Meine Mutter hat *ein* Brot und *vier* Brötchen erworben. Es ist fast zehn, als wir da rauskommen. Ich spurte zum Wagen, werfe mich vor die Beifahrertür und checke, ob meine Jäger nicht eine Bombe unter dem Auto montiert haben. Meine Mutter ignoriert das. Sie kennt das Spiel schon.

Danach geht es zum Ökohof, wo meine Mutter ihre Lieblings-Schrumpel-Äpfel bekommt. Immerhin nimmt sie auch noch eine Tüte Kirschen. Dann kann ich heute Nachmittag mit Jakob Kirschkernweitspucken machen. Während sie überflüssiges Gemüse bestellt, schleiche ich zwischen den Regalen durch. Wo ist der Feind? Wo lauert er mir auf? Ich habe extra einen kleinen Spiegel dabei. Mit dem kann ich um die Ecke gucken. Leider stört meine Mutter mich mit dem Auftrag, ihre ganzen Vitamine zum Auto zu bringen.

Im Getränkehandel, wo meine Mutter immer ihren naturtrüben (!) Apfelsaft und Bier kauft, verstecke ich mich zwischen den leeren Kästen. Als wir gehen, tue ich so, als wäre meine Ma meine lebendige Geisel, die ich vor mir herschiebe, um in letzter Sekunde das

Fluchtauto zu erreichen, das mich zum Flughafen bringen soll, wo ein vollgetankter Hubschrauber auf mich wartet. Als meine Mutter mich auffordert, den leeren Einkaufswagen zurückzubringen, rufe ich ihr zu: »Aber gib mir Rückendeckung!«

Immerhin tut sie so, als würde sie ein bisschen in die Gegend ballern. Das habe ich ihr mühsam beibringen müssen.

Endlich geht es in einen ganz normalen Supermarkt. Ich arbeite mich immer mit dem Rücken am Regal nach vorne. So kann mich niemand von hinten überraschen.

Allerdings überrascht mich von der Seite plötzlich Fynn.

»He, Paul, was geht?«, fragt er und haut mir auf die Schulter.

»Alles gut«, sage ich und reibe mir den Oberarm. Fynn hat einen ziemlichen Wumms. »Wie war es in Österreich?«, schiebe ich hinterher.

»Zum Kotzen. Andauernd musste ich auf einen Berg laufen und hinterher wieder runter. Als wären die Autos noch nicht erfunden worden. Alter, das war echt hart. Zur Belohnung habe ich die Nerf Rapidstrike bekommen. Vollautomatisch. Die haut drei Dinger in der Sekunde raus. In einer Sekunde! Hammerhart.«

»Wow«, sage ich nur. Wieso bekomme ich eigentlich

keine Entschädigung dafür, dass ich gar nicht in die Ferien fahre?

»Ich kann ja heute Nachmittag mal vorbeikommen. Dann zeige ich dir das Teil«, schlägt Fynn vor.

Genau in dem Moment ruft meine Mutter: »Komm mal, Paul. Hier gibt es so lustige Unterwäsche.«

Ich verdrehe die Augen, sage zu Fynn schnell: »Super, komm vorbei«, und gehe schnell zu meiner Mutter, ehe die noch verkündet, dass da so hübsche Motive wie »Bob, der Baumeister« drauf wären.

»Mama, ich will keine lustige Unterwäsche. Ich will Boxershorts. Die sind cool. Lustig war gestern«, teile ich ihr mit.

Sie zieht nur erstaunt die Augenbrauen hoch, sagt aber nichts.

18. 

Fynn kommt um drei vorbei, mit seiner Monster-Nerf schon im Anschlag, und verschießt direkt mal das ganze Magazin in unserem Garten. Mit drei Schuss pro Sekunde geht das Ratatata. Danach müssen wir die ganzen Scheiben wieder einsammeln. Das geht nicht Ratatata. Ein paar sind auch in Jakobs Garten gelandet. Während er sucht, zeigt Fynn auf das Haus. »Wohnt da jetzt jemand?«

»Mmh«, mache ich nur zustimmend.

Leider erscheint genau in dem Moment Jakob auf der Bildfläche.

»He, alles klar-klar?«, brüllt er rüber.

Ich nicke nur und wende mich ab.

»Klar-Klar?«, wiederholt Fynn. »Dein Nachbar ist ja lustig.«

»Ich habe übrigens ein Baumhaus gebaut. Willst du mal sehen?«, wechsele ich das Thema.

»Okay.«

Fynn ist irgendwie nicht so begeistert, wie ich dachte.

»Ein bisschen klein, oder?«, findet er.

»Ich will hier ja keine Massenveranstaltungen durchführen.«

»Aber von hier oben kann man ja noch viel besser schießen«, fällt ihm plötzlich ein. Es macht mal wieder Ratatata und anschließend sammeln wir wieder die Munition ein. Ich krieche gerade im Gestrüpp herum, da kommt meine Mutter mit dem Telefon in der Hand in den Garten. »Da will dich schon wieder jemand mieten.« Ich krabble aus der Botanik. Fynns Gesicht ist ein einziges Fragezeichen.

Am anderen Ende der Leitung ist eine Mutter. Ihr Sohn liegt nach einer Blinddarmoperation im Krankenhaus und würde sich über Besuch bestimmt freuen. Ich lasse Fynn weiter suchen und schreibe mir Namen, Zimmernummer und alles auf.

»Dich kann man mieten?«, fragt Fynn natürlich sofort, als ich wieder rauskomme.

»In besonderen Fällen«, sage ich geheimnisvoll. »Ich bin so eine Art Auftragskiller, ohne zu killen«, schiebe ich leise hinterher.

»Du hast einfach eine Macke«, kontert Fynn.

Nee. Nicht ich, aber mein Freund, denke ich, aber ich sage nichts und flitze sofort zu Jakob hinüber, als Fynn verschwunden ist.

Am Abend, als ich gerade zurückkomme und an unserer Haustür klingeln will, steigt mein Vater mit einem hechelnden Dackel aus seinem Auto.

»Wer ist das?«

Der Hund wuselt mir aufgeregt zwischen den Beinen herum.

»Das ist Hans-Harald der Zweite«, grinst mein Vater.

Ich will gerade antworten, dass das aber ein verdammt langer Name für so einen kurzen Hund ist, da bricht das Chaos aus. Mein Vater hatte die Haustür geöffnet und Hans-Harald der Zweite hat offenbar sofort Fells Witterung aufgenommen. Er rast dermaßen los, dass es meinem Vater die Leine aus der Hand reißt. Völlig zerknirscht guckt er mich an. »Mist. Fell. Die hatte ich ja ganz vergessen.«

Toller Tierarzt. Andere Vierbeiner retten, aber die eigenen Viecher vergessen. Hans-Harald der Zweite ist mittlerweile ins Wohnzimmer gerannt, wo Fell versucht, sich unter der Couch zu verkriechen. Vorne gelingt ihr das auch, leider ist ihr Popo auf ihrem Lego-Truck zu hoch. Ich höre, wie sie ihre Krallen immer wieder in den Boden haut, um sich ganz unter die Couch zu ziehen. Schließlich ändert sie die Taktik. Sie kommt rückwärts herausgeschossen und haut ihre Krallen dem neugierigen Hans-Harald dem Zweiten direkt in die Nase. Der jault auf, springt auf den Sessel und pinkelt los.

Fell will in die andere Richtung fliehen, geht aber zu schnell in die Kurve und der Lego-Truck saust unter ihr weg und fliegt meinem Vater direkt vors Schienenbein. Der jault auch auf und lässt sich auf die Couch fallen. Fell will sich jetzt auf mir in Sicherheit bringen und versucht, an meinem nackten Bein hochzuklettern, als meine Mutter ins Wohnzimmer kommt. Sie strahlt meinen Vater an. »Schön, dass du schon da bist. Da können wir ja gleich essen.«

Sie hat offenbar rein gar nichts mitbekommen.

Mein Vater hat sein Hosenbein hochgekrempelt und betrachtet die dicke Beule, die sich schon leicht blau verfärbt hat.

»Hast du dich gestoßen? Und Paul: Du blutest am Bein. Geh von der Couch weg.«

Andere Mütter würden vielleicht mal ein Pflaster oder so holen. Immerhin reicht sie mir ein Tempo, um das Blut abzutupfen. Sie guckt von mir zu meinem Vater, wieder zu mir. Dann zu Hans-Harald in seiner Pfütze.

»Was ist denn hier überhaupt los?«

»Papa hat einen Hund mit nach Hause gebracht.«

»Sein Frauchen kommt schon seit Jahren mit Hans-Harald dem Zweiten in meine Praxis. Jetzt musste sie überraschend zu ihrer Tochter, und ich habe angeboten, ihren Dackel über Nacht zu nehmen.«

Erstaunt stelle ich fest, dass Fell meine Hand ableckt. Offenbar hat sie nach all den Jahren erkannt, dass ich es eigentlich gut mit ihr meine. Ich bringe sie erst mal in mein Zimmer.

Nachdem mein Vater die Pipi-Sauerei gesäubert hat, wollen wir endlich essen. Leider kommen aus meinem Zimmer komische Geräusche. Ich sprinte nach oben. Die Geräusche werden immer lauter. Ich öffne meine Zimmertür und sehe, wie Fell versucht, sich an der Gardine nach oben zu ziehen. Offenbar will sie aufs Fensterbrett. Durch den Gips ist sie allerdings so schwer, dass der Stoff immer wieder reißt. Überall sind schon fette Risse zu sehen. Gar nicht so schlimm. Ich fand die Vorhänge eh albern. Total kindisch.

Ich mache die Tür einfach wieder zu. Soll sie die Teile ruhig noch ein bisschen zerfetzen. Meine Eltern sitzen in der Küche und starren Hans-Harald den Zweiten an. Der jault laut Richtung Decke.

»Das kann ja eine lustige Nacht werden«, stöhnt meine Mutter.

»Vielleicht könnten wir ihn in den Keller sperren«, überlegt mein Vater.

»Auf gar keinen Fall. Der macht dann da überall hin«, reagiert meine Mutter prompt.

»Mama könnte ja eben eine Hundehütte für den Garten töpfern«, schlage ich vor.

Die beiden gucken mich nur wortlos an. Offenbar fanden sie das nicht so witzig.

Während wir uns so anschweigen, guckt der Hund von einem zum anderen. Er sieht ein bisschen beunruhigt aus. Offenbar rafft er, dass es hier um ihn und um seine Zukunft geht. Mir wäre an seiner Stelle auch nicht ganz wohl. Und plötzlich habe ich *die* Idee.

»Ich schlafe mit Fell im Baumhaus«, verkünde ich. »Da riecht Hans-Harald sie nicht und hört auf zu randalieren. Es ist total warm draußen, wahrscheinlich werde ich in meinem Schlafsack sogar schwitzen. Fell wird sich sicher fühlen und alle haben ihre Ruhe.«

Meine Eltern schauen sich an. Schließlich zuckt meine Mutter die Schultern. »Von mir aus. Warm genug ist es wirklich.«

Ich springe sofort auf und reiße die Kühlschranktür auf. Schließlich brauche ich Proviant. Nachdem ich mir fünf Brote gemacht, zwei Äpfel und einen Joghurt dazugelegt habe, schiebt meine Mutter mich zur Seite.

»Ich denke, das sollte für eine Nacht wohl reichen. Falls du um drei Uhr wach wirst und kurz vor dem Hungertod stehst, kannst du ja klingeln.«

Den Schlafsack finde ich im Keller. Außerdem packe ich mein Taschenmesser, mein Laserschwert und ein Seil ein. Als ich alles im Baumhaus verstaut habe, ist es da oben schon ganz schön voll. Das größte Problem allerdings ist es, Fell in das Baumhaus zu bekommen. Ich kann sie nicht tragen und gleichzeitig die Leiter hochklettern. Auch deswegen, weil mein Vater aus Sicherheitsgründen noch Holzbalken als Rausfall-Schutz angebracht hat. Wir legen sie schließlich in einen Einkaufskorb und ich ziehe sie an einem Strick hoch.

Ich beuge mich vor. »Ihr könnt jetzt reingehen. Ich bewache das Haus. Wenn ich etwas Verdächtiges bemerke, werde ich wie ein Wolf heulen. Okay? Ansonsten bleibt von den Fenstern weg«, flüstere ich.

Meine Mutter schüttelt nur den Kopf. Mein Vater tippt sich an die Stirn.

19.

Am nächsten Tag um neun sind Jakob und ich bei Frau Busch. Wir hocken nebeneinander auf einer unbequemen Couch und müssen uns ausfragen lassen. Wie alt wir sind, wo wir wohnen, wo wir zur Schule gehen. Ich antworte für uns beide ganz brav. Und dann will sie wissen, warum wir das mit dem Freunde-Service überhaupt machen würden.

»Wissen Sie, ich hatte früher eine ganz starke Brille. Schon im Kindergarten wollte keiner mit mir spielen. In der ersten Klasse haben mir dann ältere Schüler die Brille weggenommen und sie als Lupe benutzt, um damit Feuer zu machen. Ich hatte damals wirklich keinen Freund. Das war wirklich schlimm.«

Frau Busch zieht die Augenbrauen hoch, und man weiß nicht so recht, ob sie misstrauisch ist oder aus Mitleid. Aber ich bin gerade so in Fahrt und lege noch mal nach. »Tja, und dann kam dieser fiese Ausschlag. Überall auf meinem Körper haben sich so kleine Blasen gebildet, aus denen dann winzige Maden gekrochen sind.«

Sogar Jakob guckt jetzt ganz erschrocken.

»Davon habe ich ja noch nie etwas gehört. Ist das denn jetzt wirklich weg? Nicht, dass du meinen kleinen Marvin damit ansteckst.«

»Keine Sorge. Wir waren bei einem Spezialisten in den USA. Der hat das behandelt. Das ist eine ganz, ganz seltene Erkrankung. Außer mir hat es quasi noch nie jemanden gegeben, der das hatte.«

Frau Busch zeigt sich beruhigt. »Mein Marvin tut sich auch etwas schwer, Freunde zu finden. Wir sind gerade erst in diese Stadt gezogen. Da hat er natürlich noch niemanden, der ihn besuchen könnte. Vielleicht könnt ihr ihn ja etwas von seinen Schmerzen ablenken.«

Sie teilt uns noch mit, dass Marvin auf der Station vier, Zimmer siebzehn, liegt. In einem Umschlag drückt sie uns das Honorar in der Hand.

Auf der Straße kommt Jakob aus dem Lachen nicht mehr raus. »Wie soll es bitte einen Spezialisten für eine Krankheit geben, die außer dir quasi noch nie jemand hatte?«, japst er.

»Der ist halt durch mich zum Spezialisten geworden«, kontere ich sofort.

»Maden, die aus Hautblasen krabbeln«, kichert er. »Du liest wirklich zu viele Horrorbücher.«

»Frau Busch hat es geglaubt. Also. Auf zu Marvin.«

20.

Hinter Zimmernummer siebzehn liegt in einem Bett eine sehr große Brille neben einem Bücherstapel. Auf dem Nachttisch liegen außerdem ein E-Book und ein Tablet. Marvin guckt von der dicken Schwarte hoch, in der er gerade liest, und fixiert uns.

»Hi, wir sind Paul und Jakob«, sage ich forsch. »Deine Mutter hat uns engagiert, damit wir dich ein bisschen unterhalten. Auf was hast du denn Lust?«

Mir fällt nebenbei auf, dass Marvin ziemlich klein und schmal ist. Irgendwie zu klein für die Brille und das schwere Buch.

Er verdreht die Augen. »Ich hätte Lust, jetzt einfach in meinem Buch weiterzulesen. Ich habe meiner Mutter gesagt, dass ich keine Miet-Freunde brauche.«

Panisch gucke ich Jakob an. Wir können doch jetzt nicht gleich wieder gehen. Da fordert Marvins Mutter doch sofort das Honorar zurück.

»Was liest du denn?«, versuche ich vorsichtig eine Unterhaltung.

Marvin verdreht wieder die Augen. Das kann er echt gut.

»Ich lese gerade in der Philosophie der Quantenphysik und über die Erfindung der Zeit. Interessiert euch das?«

»Total-total«, krächzt Jakob. Marvin zieht bei der Doppelung nur ganz kurz eine Augenbraue hoch. Aus seiner Nachttischschublade piept es. Er holt das neue iPhone 6 Plus raus und guckt auf das Display.

»Ich habe gleich einen Termin zum Skypen. Mit einem Amerikaner, der mit mir zusammen eine Strategie-Spiele-App schreiben will. Ich habe wirklich keine Zeit für euch.«

»Wir könnten ja draußen warten, bis du zu Ende geskypt hast. Und dann könnten wir was spielen. Immer nur lesen ist ja auch gar nicht gut für die Augen«, versuche ich verzweifelt.

Marvin ignoriert mich einfach und holt sein Portemonnaie aus der Schublade. Er wühlt zwischen ziemlich vielen Scheinen und hält uns dann einen Fuffziger hin.

»Lasst mich einfach in Ruhe, okay?«

»Das wird deiner Mutter bestimmt nicht gefallen«, räume ich ein. Immerhin hat die ja auch schon vierzig Euro gezahlt.

Er grinst müde. »Keine Sorge. Ich werde ihr berichten, was ich für einen vergnüglichen Nachmittag hatte. Wir hätten Uno oder sonst einen Quatsch gespielt.«

Wir nicken nur und bleiben unschlüssig stehen.

Marvin verdreht wieder die Augen und legt das Buch weg. »Ihr meint es echt ernst, was? Also, dann erklärt mir mal, was das für eine merkwürdige Miet-Freunde-Sache ist.«

»Das ist unsere eigene Geschäftsidee. Damit werden wir reich. Und geben anderen Kindern auch noch ein gutes Gefühl«, erkläre ich ihm.

Er lacht kurz. »Erstens: Niemand freut sich über käufliche Freunde. Und zweitens: Man wird nicht reich, wenn man selber arbeitet. Man muss andere für sich arbeiten lassen.«

»Hä?«, frage ich nur.

»Ich berate euch jetzt mal kostenlos, weil ich so verdammt nett bin. Ihr müsst Leute finden, die für euch als Miet-Freunde arbeiten und euch mindestens die Hälfte ihres Lohns abdrücken.«

Ich überlege kurz.

»Aber warum sollten die das tun?«, erkundige ich mich vorsichtig.

Er schnauft. »Weil ihr die Infrastruktur bietet und Aufträge an Land holt und das Marketing macht.«

Sein iPhone klingelt und auf dem Display erscheint ein Typ.

»Hi Steve. One Moment please«, sagt Marvin total freundlich und guckt uns wieder an.

»Ich habe jetzt wirklich keine Zeit mehr für euch. Aber ein Tipp noch: Ihr müsst im ganz großen Stil denken.«

Er hebt kurz die Hand und guckt uns schon nicht mehr an.

Ganz leise schleichen Jakob und ich uns raus.

Bis zur Straße sprechen wir nicht.

»Irgendwie doof, wenn man dafür bezahlt wird, dass man geht«, stelle ich fest. Richtig freuen kann ich mich über die zusätzlichen fünfzig Euro gerade nicht. Wie kann dieser Marvin so klein sein, eine so fette Brille brauchen und trotzdem so cool sein? Außerdem muss ich mich mal erkundigen, was »Infrastruktur« bedeutet.

21.

Und dann langweilen wir uns bei mir im Wohnzimmer. Nach dem ersten Schwall von Schimpfwörtern (»Giftspritze«, »Schweinehund«, »Dumme Ziege«) ist auch Walter wieder verstummt. Uns ist so langweilig, dass wir einen Slalomparcours für Fell bauen. Sie wirkt ein bisschen frustriert. Draußen kann sie sich mit ihrem Lego-Mobil nicht gut bewegen. Im Haus ist sie dagegen schon richtig schnell mit dem Teil. Ich hole ein paar Becher aus der Küche und stelle den Parcours auf. Fell guckt mich irritiert an. Kapieren tut sie offenbar nichts.

»Vielleicht musst du ihr das wieder vormachen-vormachen«, schlägt Jakob vor.

»Wie soll ich das denn anstellen?«

»Vielleicht mit einem ferngesteuerten Auto-Auto?«

Wieso hat er jetzt wieder seine Macke so schlimm? Eigentlich hat Jakob das doch nur in Stresssituationen.

»Ist alles okay bei dir?«, frage ich nach.

»Nein. Nichts ist okay-okay. Unsere Miet-Freunde-

Idee ist Schwachsinn-Schwachsinn«, brüllt Jakob mich plötzlich an.

Und dann flattert plötzlich Walter aufgeregt von einer Stange zur nächsten und ruft »Idiot-Idiot. Arschgesicht-Arschgesicht. Loser-Loser«.

Ich starre Jakob an. Hat jetzt unser bescheuerter Papagei die Macke von Jakob übernommen? Das darf doch wohl nicht wahr sein!

Jakob starrt den Papagei an.

»Das wollte ich nicht-nicht.«

»Trantüte-Trantüte«, antwortet ihm Walter.

Ich gehe einfach raus.

Irgendwas in meinem Leben läuft verdammt falsch. Draußen vor der Tür wollte ich mich eigentlich beruhigen.

Was ich sehe, beruhigt mich nicht die Bohne. Meine Mutter ist dabei, die Hecke zu schneiden. Sie schneidet aber nicht oben. Sie schneidet herzförmige Löcher IN die Hecke.

»Was machst du da?«, schreie ich sie an. Erstens schreie ich, weil ich wütend bin, und zweitens, damit sie mich versteht. Sie hat eine Motorheckenschere.

»Das sieht doch süß aus«, brüllt sie zurück.

»Ich finde süße Sachen SCHEISSE«, brülle ich zurück und gehe wieder rein. Wortlos werfe ich im Wohnzimmer eine Decke über Walter, damit der still ist. Dann sage ich Jakob kurz, dass ich jetzt wohl mal ein ferngesteuertes Auto hole.

Es funktioniert.

Wenn auch anders als geplant. Fell versucht nicht, wie das Auto zwischen den Bechern durchzufahren. Fell versucht, das Auto zu fangen. Man darf nur nicht Vollgas geben. Sie scheint wirklich Spaß daran zu haben. »So hat sie wenigstens etwas Bewegung«, stelle ich fest.

Als Fell müde ist und wir genug haben vom Spielen mit einer behinderten Katze, gehen wir auf die Straße skaten. Aus einem Brett, das vom Baumhausbau übrig ist, und zwei Steinen bauen wir uns auf der Straße eine Wippe. Es ist echt nicht einfach, die richtige Geschwindigkeit draufzukriegen, damit die Wippe kippt. Ist man zu langsam, kippt sie gar nicht. Ist man zu schnell, kracht man direkt runter. Ich muss zugeben, dass Jakob besser ist als ich. Ich bin schon gefühlte siebzehn Mal auf die Fresse gefallen. Er vielleicht ein oder zwei Mal. Er nimmt wieder Anlauf, hat die Wippe fest im Blick. Plötzlich guckt er hoch, kommt ins Straucheln und fliegt volle Kanne auf den Hintern. Schmerzhaft verzieht er das Gesicht. Ich gucke ihn an und dann die Straße runter. Und da sehe ich auch sofort den Grund für seinen kleinen Aussetzer.

Freya kommt direkt auf uns zu.

»Komm, versuch es direkt noch mal«, sage ich schnell. Eigentlich wäre ich ja jetzt dran, aber ich habe jetzt echt keinen Bock, mir vor Freya die Blöße zu geben. Natürlich weiß sie, dass ich nicht die super Sportskanone bin, die gleichzeitig Basketball und Fußball spielen kann. Oder so. Es reicht mir absolut, dass sie es weiß. Sie muss es nicht auch noch sehen.

Freya ist noch ungefähr fünfzehn Meter von uns entfernt.

Jakob reibt sich den Hintern. »Wieso hat man da hinten eigentlich keinen Protektor«, jammert er.

»Weil man dann aussehen würde, als hätte man sich in die Hose gekackt«, antworte ich ihm.

Jetzt ist sie nur noch ein paar Meter entfernt. Ich kann absolut verstehen, dass es Jakob hingeschlagen hat. Freya sieht einfach so umwerfend aus wie immer. Fast noch besser als sonst. Sie ist total braun gebrannt, hat eine kurze Jeans-Shorts und ein Top an und kickt lustig einen Stein vor sich her. Man kann schon sehen, dass sie nicht zickig oder doof ist.

Wenn man ihr jetzt einen Ball zuspielen würde, sie würde zurückschießen. Und sie würde den Ball auch gut treffen.

»He, Paul, wie geht's«, fragt sie, als sie nah genug dran ist.

»Ach, Freya, hi!« Ich tue total überrascht.

Sie ist stehen geblieben und kratzt sich an einem riesigen Mückenstich am Knie. Jakob sitzt noch immer auf dem Boden und starrt sie von unten an, als wäre sie eine verdammte Meerjungfrau oder so etwas.

»Wohnst du hier in der Gegend?«, fragt sie nun.

Ich nicke und zeige auf unser Haus. Auf unser Haus, an dem meine Mutter gerade Herzen in die Hecken sägt.

Ich möchte im Boden versinken!

Freya grinst. »Das ist ja witzig.«

Witzig. Findet sie. Peinlich, finde ich.

»Und du?«, wendet sie sich an Jakob. »Wohnst du auch hier?«

Jakob nickt nur.

»Bist du hier neu? Ich hab dich noch nie gesehen!«

Jakob nickt wieder nur.

Ich lenke schnell von Jakob ab und frage: »Und was treibt dich hier in diese Gegend?«

»Ich will eine Freundin besuchen. Die spielt mit mir in der Rugby-Mannschaft. Die wohnt hier in einer Nebenstraße.« Sie kratzt sich wieder an ihrem Mückenstich. »Was macht ihr denn so in den Ferien?« Sie schaut zwischen Jakob und mir hin und her.

»Alles Mögliche«, sage ich vage.

Und genau in diesem Moment steckt meine Mutter

ihren Kopf durch ein frisch gesägtes Herzchen-Fenster und ruft: »Ach, Paul, da bist du ja. Kannst du gleich noch mit Piggy gehen und Fell hat ihr Lego-Mobil zertrümmert.«

Ich mache ganz kurz die Augen zu und versuche mich allein durch die Kraft meiner Gedanken an einen anderen Ort zu transportieren. Es klappt leider nicht. Ich mache die Augen wieder auf und gucke in Freyas fragenden Augen. »Piggy? Fell? Lego-Mobil? Das klingt aber spannend.«

Die Gedanken in meinem Kopf überschlagen sich. Was sage ich jetzt? Wie komm ich aus der Nummer wieder raus? Mir wird klar: gar nicht. Ich räuspere mich. »Ja, total lustig. Piggy ist unser Hausschwein, das gleich mal wieder Auslauf braucht. Fell ist unsere total durchgeknallte Katze. Normalerweise tyrannisiert sie mich. Aber zurzeit hat sie gerade die Hinterpfoten gebrochen, woran ich wirklich unschuldig bin. Auf jeden Fall kann sie nicht gehen. Jakob und ich haben ihr eine Art Anhänger aus Lego gebaut, auf das sie ihr Hinterteil platzieren kann. Außerdem haben wir noch Leon und Walter. Leon ist ein farbenblindes Chamäleon, und Walter ist ein Papagei, der nur Schimpfwörter kennt. Das ist mein Umgang zurzeit.«

Sie grinst breit. »Immerhin hast du kein Krokodil mit Zahnprothese.«

Ich nicke. »Stimmt, ich sollte froh sein.«

»Hast du eigentlich schon den Ferienaufsatz geschrieben?«, will sie plötzlich wissen. Dabei hat sie sich einfach mein Skateboard geschnappt und fährt ein bisschen die Straße hoch und runter. Oh Mist! Stimmt ja! Unser Lehrer, Herr Lange, hat uns echt über die Sommerferien eine Hausaufgabe aufgegeben. Einen Aufsatz mit dem Thema »Meine grässlichsten Ferien, die ich allerdings nie hatte«. Wir sollen uns also ganz grässliche Ferien ausdenken.

Eine Mission zum Mars, bei der der Sprit ausgeht.

Eine Safari in einem Wildpark, bei der man unbemerkt aus dem Auto fällt und die Nacht zwischen wilden Tieren verbringen muss.

Eine Reise mit einer Zeitmaschine, bei der die Uhr kaputtgeht.

So was in der Art.

Ich zucke die Schultern. »Irgendwas wird mir wohl noch einfallen müssen«, sage ich und bin plötzlich beruhigt. Ich muss mir ja gar nichts ausdenken. Mein Hauszoo reicht für ausreichend grässliche Erlebnisse.

Freya guckt auf die Uhr. »Muss jetzt los. Bis bald«, verabschiedet sie sich und rollt mir mein Board zu. Ich reagiere natürlich zu spät und es knallt mir direkt vor den Knöchel. Ich versuche mir den Schmerz nicht anmerken zu lassen und hebe nur die Hand zum Abschied.

Als sie um die nächste Straßenecke gebogen ist, sagt Jakob: »Wow-wow.«

»Hör endlich auf mit diesem ›Wau-wau‹. Das hört sich an, als würdest du bellen«, fahre ich ihn an.

Er ignoriert meine Gereiztheit. »Wer war das?«, fragt er.

»Das war Freya. Das einzige Mädchen, das ich kenne, das echt okay ist. Die spielt in der Pause mit den Jungs Fußball und heult nicht los, wenn sie mal gefoult wird. Für die Mädchen ist sie ein Star, weil sie immer die coolsten Klamotten anhat. Sie hat in New York gewohnt, ist aber Holländerin. Wie sie aussieht, muss ich dir ja nicht erklären. Und sie ist in meiner Klasse.«

»Und sie spielt Rugby?«

»Ja. Außerdem macht sie Kitesurfen.«

Jakob nickt nur und sieht plötzlich traurig aus. Wahrscheinlich ist ihm eingefallen, dass er mit so einer wie ihr niemals befreundet sein wird.

»Paul, ich finde dein Miet-Freunde-Dings ja echt super«, sagt er jetzt. »Aber irgendwie habe ich das Gefühl, dass es nicht so gut ankommt. Es ist ja jetzt nicht so, dass wir von Aufträgen überrannt werden. Ich bin mir nicht sicher, ob wir damit so viel Kohle einnehmen, dass ich genug habe, um mir die Lästerer vom Hals zu halten.«

Ich nicke. Ich fürchte, dass er recht hat. Aber ich

habe auch keine bessere Idee. Deswegen sage ich in überzeugtem Ton. »Jedes Geschäft braucht eine Weile, bis es richtig läuft. Warte mal, bis sich das rumgesprochen hat.«

»Ich habe übrigens Post von der Schule bekommen«, sagt Jakob, nachdem wir uns eine Weile angeschwiegen haben. »Ich weiß jetzt, in welche Klasse ich komme.«

»Und?«, frage ich aufgeregt.

»Ich komme zu Herrn Lange-Lange.«

»Das ist meine Klasse«, platze ich raus. »Du kommst zu mir!« Ich bemerke, dass ich grinsen muss. Irgendwas in mir freut sich darüber total.

Er nickt nur.

Dann stammelt er: »Du, ich könnte es verstehen, wenn du so tust, als würdest du mich nicht kennenkennen. Wir müssen auch nicht zusammen zur Schule gehen oder so-so.«

»Warum das denn?«, frage ich erstaunt.

»Man steigt nicht gerade in der Beliebtheitsskala, wenn man mit so einem Gestörten befreundet ist.«

Ich stemme die Hände in die Seiten. »Pass mal auf. Wir sind gerade gemeinsam dabei, ein Firmenimperium aufzubauen. Gegen uns wird ›Facebook‹ irgendwann so etwas wie ein schmuddeliger Bahnhofskiosk sein. Wir müssen nur die richtige Idee haben. Ich lass dich doch nicht im Stich.«

Und dann füge ich schnell hinzu: »Wenn du mich nicht im Stich lässt« – ich sehe nämlich gerade, wie Emma und Mia auf uns zukommen. Die grässlichen Schwestern haben mir jetzt gerade noch gefehlt.

22.

Die beiden sehen aus wie aus einem Prinzessinnen-Comic. Sie sind ganz in Pink und Rosa gekleidet, überall glitzert es, und in den Händen haben beide ein Paket. Auch in Rosa und mit silberner Schleife.

»Wir gehen auf eine Geburtstagsparty«, teilt Emma (oder Mia) uns mit. »Das wird ganz toll.«

»Wen interessiert das?«, frage ich schlecht gelaunt.

Sie trippeln an uns vorbei.

»Die Eltern von Jenny haben sogar eine Hüpfburg gemietet. Und es gibt Popcorn und Zuckerwatte«, plappert Mia (oder Emma).

Wir schauen ihnen hinterher.

»Coole Geburtstagsparty«, höre ich Jakob sagen.

»Das findest du cool? Party mit Popcorn und Hüpfburg? Dann frag doch, ob du mitgehen kannst. Vielleicht machen die ja auch noch Sackhüpfen und Topfschlagen. Klingt echt megacool«, mache ich mich lustig.

Doch Jakob strahlt mich an. »Das ist *die* Idee-Idee.«

Ich gucke ihn fragend an.

»Wir richten Partys aus. Coole Partys. Wir werden eine Party-Firma. Mit ganz viel Action.«

Fünf Minuten später sitzen wir in unserer Mind-Machine-Zentrale auf unserem Dachboden vor ganz vielen weißen Zetteln. Ich zücke einen Stift.

»Und was für tolle Action bieten wir an?«, frage ich Jakob.

»Vielleicht so eine Art Zirkusvorstellung?«

»Kannst du jonglieren oder Einrad fahren oder so etwas?«, frage ich hoffnungsvoll.

Jakob schüttelt den Kopf.

»Vielleicht könnten wir als Indianer oder Piraten oder Aliens so ein Fest stürmen. Das fänden viele Kinder bestimmt total aufregend. Die wüssten ja nicht, dass wir von ihren Eltern beauftragt sind. Wir tun so, als wollten wir sie gefangen nehmen«, überlege ich laut.

Jakob nickt. »Und im letzten Moment lassen wir uns von denen in die Flucht treiben. Davon würden die noch Tage später in der Schule reden. Das wäre auf jeden Fall tausend Mal besser als Hüpfburg oder Popcorn.«

Ich bin jetzt Feuer und Flamme. »Wir inszenieren eine richtige Show. Der Vater des Geburtstagskindes wird einen von uns blitzschnell anspringen und ihm das Messer an die Gurgel halten. Er würde den anderen von uns anschreien: ›Waffe fallen lassen. Sonst stirbt dein Kumpel.‹ Dann würde er uns mit seinem Gürtel fesseln und uns abführen. Das wäre doch mal eine aufregende Party, oder?«

Jakob schaut skeptisch aus. »Und was, wenn der Vater aus Versehen das Messer ein bisschen zu fest an die Gurgel drückt und einer von uns dann blöderweise auf dieser Party verblutet? Das wäre ja dann irgendwie nicht so schön-schön.«

»Wahrscheinlich hast du recht«, muss ich einräumen. »Also Plan eins. Wir sind eine Party-Agentur, die auf Wunsch ein Fest als Pirat, Indianer oder Alien stürmt. Oder vielleicht sogar als Ritter oder Superman«, halte ich fest. »Los, das schreiben wir jetzt auf deinem Computer und drucken es fünfhundert Mal aus.«

Wir wollen gerade zur Haustür raus, als meine Mutter auf mich zukommt. »Paul, du musst wirklich heute noch mit Piggy gehen. Ich habe das in den letzten Tagen nicht geschafft. Die braucht dringend etwas Bewegung.«

»Klar, mache ich später«, sage ich, um sie abzuwimmeln.

»Piggy,« flüstert Jakob plötzlich.

»Was ist mit Piggy?«

»Die können wir ja auch noch anbieten als Party-Highlight. Reiten auf einem echten Schwein.«

»Ich weiß nicht, ob man auf Piggy reiten kann«, gebe ich zaghaft zu.

»Dann probieren wir das jetzt aus«, sagt Jakob.

Eine Viertelstunde später stehen wir mit Piggy in einer Nebenstraße, wo wir außer Sichtweite meiner Mutter sind, und probieren unser Glück als Schweinereiter. Das heißt: Ich probiere es, denn Jakob hat gemeint, Piggy kenne mich besser als ihn, daher würde er mir den Vortritt lassen.

Ich hole tief Luft, schwinge ein Bein über Piggy und merke, dass die Gute vielleicht nicht sehr hoch ist, aber sehr breit. Ich stoße mich mit dem anderen Fuß ab und sitze endlich. Meine Füße können echt nicht mehr den Boden berühren. Piggy steht wie erstarrt da. Ich kralle mich mit den Händen in ihre Borsten und sage leise »Hüa«. Es passiert gar nichts. Jakob kichert.

»Dann bieten wir eben kein Schweinereiten an, sondern nur Schweinesitzen«, lacht er. Und dann haut er Piggy auf das Hinterteil. Hinterher wird er immer schwören, dass er das nicht gemacht hat. Er hätte Piggy nicht berührt, beteuert er die ganze Zeit. Ich aber habe es klatschen gehört. Auf jeden Fall macht Piggy eine Art Bocksprung. Ich falle natürlich runter. Und dieses Schwein lässt sich genau auf mich fallen. Und nicht nur das. Sie wälzt sich auf mir. Ich brülle wie am Spieß.

Piggy ist echt schwer. Außerdem riecht sie gerade nicht sehr gut. Und während ich da auf der Straße liege und Piggy sich grunzend auf mir rumwälzt, kommt Freya mit ihrer Rugby-Freundin auf mich zu.

Ich muss jetzt echt dringend unter diesem Schwein weg.

»Hilf mir endlich«, schreie ich Jakob an.

»Wie denn-denn?«, schreit der zurück.

»Zieh Piggy von mir weg!«

»Ich habe Angst, dass die mich tritt«, antwortet er.

»Und ich habe Angst, dass ich dich gleich umbringe, wenn du mir jetzt nicht hilfst!«

Freya samt ihrer Freundin ist jetzt bei uns angekommen. Toll. Und was macht die Gute? Zieht einfach einen Apfel aus ihrer Tasche und hält den Piggy hin.

»Hier, hast du vielleicht Hunger?«

Wenn Piggy irgendwas hat, dann Hunger. Immer. Sofort rappelt sie sich auf und schnappt sich den Apfel.

»Danke«, sage ich matt und reibe mir alle Knochen. Ich weiß gar nicht, wo es mir am meisten wehtut – am Körper oder an meinem Selbstbewusstsein …

»Wie ist das denn passiert?«, will Freya natürlich wissen.

»Du, ich weiß auch nicht. Jakob und ich gehen hier so die Straße hoch, plötzlich schießt meine Mutter Piggy mit einer Rakete in unsere Richtung.«

Freya lacht laut.

»Okay. Okay!«, gebe ich mich geschlagen. »Jakob wollte wissen, ob man auf Piggy wohl reiten kann. Und mittlerweile wissen wir, dass man das wohl nicht kann.«

Ich bin mittlerweile aufgestanden. Piggy hat den Apfel längst runtergeschlungen und schnuppert an Freyas Tasche.

»Komm, du Vielfraß, ab nach Hause«, herrsche ich das Schwein an.

»Wir wollten eigentlich gerade auf den Sportplatz, noch ein bisschen werfen üben«, sagt Freya plötzlich. Sie hält einen ovalen Ball hoch. »Habt ihr nicht Lust mitzukommen?«

Selbst wenn ich nicht das Gefühl hätte, mindestens fünf Knochen gebrochen zu haben, würde ich absagen. Wenn Freya mich diesen Ball werfen oder fangen sehen würde – wenn ich ihn denn fangen könnte! –, würde sie sich vor Lachen bestimmt in die Hose machen.

»Keine Zeit«, sage ich schnell. »Komm, Jakob. Wir müssen jetzt echt los«, behaupte ich und zerre an Piggy.

Die Mädchen verabschieden sich – Piggy *und* Jakob sehen ihnen traurig nach. Ich schüttele nur den Kopf und schleppe mich nach Hause. Da trifft mich leider der nächste Schlag.

23.

»Opa hat gerade angerufen. Er und Oma wollen ein paar Tage an die See fahren und machen hier kurz Pause«, begrüßt mich meine Mutter.

»Wann?«, flüstere ich ängstlich.

»Morgen schon. Super, was?«

»Super«, sage ich und meine genau das Gegenteil. Ich habe meinen Opa Siegfried und meine Oma Elfie wirklich gern. Und ich finde es klasse, sie zu besuchen. Aber wenn sie hierher zu uns kommen, habe ich doch immer Bedenken, dass aus unserer ein bisschen schrägen Familie (mit einer durchgeknallten Mutter und vielen verrückten Haustieren) eine Freakshow wird. Denn wer glaubt, dass meine Mutter merkwürdig sei, der hat noch nicht ihre Eltern kennengelernt!

Jetzt sind sie also im Anmarsch. Hilfe – da kann ich nur hoffen und beten, dass Freya in den nächsten Tagen nicht wieder ihre Rugby-Freundin besucht und hier vorbeikommt …

Am nächsten Morgen werde ich von einem lauten Knattern geweckt. Und als ich aus dem Fenster gucke, kann ich es echt nicht glauben: Meine Großeltern sind da.

Mit einem Motorrad samt Beiwagen. Mein Opa nimmt gerade den Helm ab und wird von meiner erstaunten Mutter begrüßt.

Seit wann haben die ein Motorrad?

Meine Oma steigt aus dem Beiwagen. In einem giftgrünen Lederanzug mit roten Sternen drauf. Ich suche meine Sonnenbrille. Sonst kann ich den Anblick nicht ertragen.

Keine zwei Minuten steht mein Opa in meinem Zimmer. »He, Paul.« Er haut mir ausgerechnet auf die Schulter, mit der ich gestern zuerst unter Piggy geraten bin. »Guck mal raus. Da steht eine heiße Maschine.«

Nach dem Frühstück will mein Opa mit mir natürlich Fußball spielen. Wie immer. Wir gehen in den Garten und er schnappt sich einen Ball. »Komm, wir üben mal Kopfbälle«, ruft er und wirft mir den Lederball volle Kanne an den Kopf. Ich lande direkt auf dem Hintern.

»Soll ich dir mal mein Baumhaus zeigen?«, versuche ich ihn abzulenken. Und es funktioniert. Er staunt richtig.

»Wir müssen unbedingt mal wieder zelten gehen«, behauptet er. »Das war doch wirklich aufregend damals.«

Ich nicke nur. Hoffentlich vergisst er das schnell wieder. Bei unserem letzten Zeltabenteuer bin ich fast verhungert, weil Opa sich vorgenommen hatte, dass wir nur von dem leben, was wir unterwegs finden oder jagen. Und da kein einziger Fisch anbiss und kein Vogel tot vom Himmel fiel, blieb es bei ein paar Brombeeren. Ich sollte mir auf jeden Fall schon mal ein Notfallpaket mit ausreichend Schokolade und so zur Seite legen. Für alle Fälle.

Aber erst mal muss ich natürlich noch eine Runde mit dem Motorrad drehen. Wir brausen einmal quer durchs Dorf, und ich bin froh, dass mich unter Omas Helm niemand erkennen kann. Dann zeigt mir mein Opa noch heimlich, dass er sich hat tätowieren lassen. »Elfie«, steht da in schnörkeliger Schrift auf seinem Oberarm. »Aber erzählt das deiner Mutter nicht. Die ist manchmal etwas spießig«, sagt er verschwörerisch dazu.

Gegen Mittag schwingen die beiden sich schon wieder auf ihr Motorrad und hupen laut zum Abschied. Ich winke ihnen nach, atme tief durch und gehe sofort rüber zu Jakob.

24.

Wir fangen an, unseren Flyer für unser Geburtstagsparty-Event zu schreiben. Meine Mutter will ich nicht noch mal um Hilfe bitten. Keinen Bock, dass die irgendwie misstrauisch wird.

Nach zwei Stunden sind wir so weit. Auf unserem Werbezettel steht:

Party-Highlight!
Topf schlagen war gestern.
Wir sind von morgen.
Gerne stürmen wir als Piraten, Ritter, Aliens,
Superman oder Indianer die Geburtstagsparty Ihres Kindes
und machen das Fest unvergesslich.

Wir diskutieren lange darüber, ob wir noch den Satz »Es wird der Horror: Freuen Sie sich« darunter schreiben, entscheiden uns aber dagegen. Das klingt dann doch zu sehr nach heulenden Kindern. Dieses Mal geben wir Jakobs Handynummer an. Meine Ma war jedes

Mal so komisch, wenn Mietanfragen über unser Telefon gekommen sind.

Weil heute Mittwoch und die Praxis am Nachmittag geschlossen ist, kommt mein Vater früher nach Hause. Er hat einen komischen Gesichtsausdruck und lässt sich gleich auf die Couch fallen. Von Walter wird er mit »Heulsuse-Heulsuse« begrüßt.

»Halt die Klappe«, antwortet mein Vater und wirft die Decke über den Käfig.

»Was ist los? Bist du einem Stinktier begegnet oder was?«, fragt meine Mutter überrascht.

»Ein Stinktier wäre noch harmlos gegen meine heutigen Patienten. Haben wir Vollmond oder warum sind plötzlich alle so verrückt?«, stöhnt mein Dad.

Er macht kurz die Augen zu, schüttelt den Kopf. Dann guckt er uns an. »Heute Morgen war eine junge Frau in meiner Praxis, die sich vor Kurzem einen Wellensittich gekauft hat. Das alleine finde ich schon merkwürdig. Warum kauft sich jemand mit Mitte zwanzig einen hellblauen Wellensittich?«

»Vielleicht hat sie ein hellblaues Sofa und der Vogel passt farblich gut rein«, sagt meine Mutter.

»Auf jeden Fall findet diese Vogelbesitzerin, dass ihr Piepmatz mal Bewegung braucht. Sie will ihn also fliegen lassen.«

»Papa, die Geschichte ist langweilig.«

»Warte. Sie will ihn aber nicht in ihrer Wohnung fliegen lassen, weil sie meint, dass sei ja viel zu eng. Sie will ihn im Park fliegen lassen, hat aber Angst, dass er einfach abhaut. Also fragt sie mich allen Ernstes, ob sie ihm eine Leine umlegen könnte.«

Ich muss kichern.

»Am besten nimmt sie so ein Stachelhalsband für Hunde mit einer schweren Lederleine. Damit kommt der Sittich gar nicht erst in die Luft«, meint meine Mutter.

»Nein, sie hatte an so eine Drachenschnur gedacht. Und wenn der Piepmatz mit dem saublöden Namen Walhalla nicht zurückkäme, würde sie die Schnur einfach wieder aufrollen und ihn so zu sich holen«, erklärt mein Dad. »Ich habe echt kurz auf den Kalender geguckt, ob heute der erste April ist. Aber das war kein Witz von ihr.«

»Und was hast du ihr gesagt?«

»Dass das mit der Schnur keine sooo gute Idee ist, weil die sich im Baum verheddern kann und Walhalla dann nicht mehr wegfliegen könnte. Im schlimmsten Falle würde der Vogel dann irgendwo im Wipfel hängen und verhungern. Und das wäre ja vielleicht noch unangenehmer für das Tier, als wenn es nicht zu Frauchen zurückkommen würde. Das hat sie dann auch eingesehen.«

»Und lässt sie Walhalla jetzt im Park fliegen?«, erkundigt sich meine Mutter.

Mein Vater verdreht die Augen. »Nein. Sie will sich jetzt eine Turnhalle mieten, damit Walhalla da mal seine Runden drehen kann.«

»Das ist doch bestimmt nicht billig, oder?«, frage ich ihn.

»Keine Ahnung. Aber du hast ja keine Vorstellung davon, was manche Menschen für ihre Tiere an Geld ausgeben.«

»Bist du auch so teuer?«

»Nein. Und dass sie Geld ausgeben, wenn das Tier krank ist, finde ich natürlich völlig richtig. Aber manche Herrchen oder Frauchen kaufen das Futter im Feinkostladen. Oder sie lassen sich Kratzbäume von einem Inneneinrichter bauen. Oder schmeißen ein Geburtstagsfest für ihren Köter. Das ist echt unglaublich.«

Was *ich* unglaublich finde, ist: Mein Vater hat mir gerade die Idee geliefert, wie Jakob und ich unsere Eventagentur noch erfolgreicher machen können. Wir erweitern unser Angebot und werden auch Tierpartys anbieten. Ich springe auf. Das muss ich sofort Jakob erzählen.

25.

Ich finde Jakob in seinem Garten, er liegt auf dem Rücken und starrt sein Handy an. Anscheinend wartet er auf unseren ersten Auftrag. Sofort platze ich mit der Tierparty-Idee heraus.

»Warst du zu lange in der Sonne?«, fragt er.

»Nein, im Ernst. Mein Vater hat mich gerade darauf gebracht. Er sagt, dass es verrückte Tierhalter gibt, die ganz viel Geld für ihr Hündchen oder Kätzchen ausgeben.«

Jakob hat sich mittlerweile hingesetzt.

»Und was passiert auf so einer Tierparty genau?«

»Das müssen wir uns jetzt nur noch überlegen. Wir könnten Hunde-Fußball anbieten. Oder wenn eine Katze eine Party feiert, bringen wir einfach ein paar ferngesteuerte Autos mit. Fell hat das doch riesigen Spaß gemacht.«

»Wieso gleich mehrere Autos?«

»Ja, die Katze lädt ja noch andere Katzen ein. Sonst ist es ja keine Party.«

Jakob grinst und steht auf.

»Dann machen wir wohl mal den nächsten Flyer.«

Darin sind wir mittlerweile echt geübt. Ich diktiere Jakob den Text:

Sie feiern Geburtstag.
Ihre Kinder feiern Geburtstag.
Warum nicht auch Ihr Haustier?
Wir bereiten Ihrem Liebling einen unvergesslichen Tag
mit Spiel, Spaß und Leckerlis.

Als ich meinem Vater einen Stapel Zettel mitgebe, damit er sie in seiner Praxis auslegt, guckt er mich lange an. Er verschränkt die Arme vor der Brust.

»Und was macht ihr, wenn da ein Fischbesitzer kommt, dessen Goldfisch Geburtstag hat?«

»Dann gehen wir halt mit dem ins Freibad oder so«, antworte ich sofort.

»Mein Dad schüttelt ungläubig den Kopf. »Ihr habt echt schräge Ideen, du und dein Freund Jakob.« Er grinst. »Du musst mir nur versprechen, dass ihr keine Partys für Würgeschlangen, Skorpione und Krokodile ausrichtet, okay?«

Ich höre nur mit einem Ohr hin. Die Worte »Du und dein Freund Jakob …« klingen mir noch im Ohr. Hört sich gut an: *Mein Freund Jakob.*

Mein Vater gibt mir einen Rippenstoß und befördert mich wieder ins Hier und Jetzt. »Apropos: Hast du gerade vom Freibad gesprochen? Wie wär's?«

»Klar!«, strahle ich. »Darf mein Freund Jakob auch mit?«

26.

Eine Stunde später stehen wir auf dem Fünfmeterbrett und machen die geilsten Arschbomben. Mein Vater filmt alles. Außerdem gibt es zwei große Pommes, zwei Cola und noch Geld für den Kicker. Der Tag ist perfekt. Bis wir wieder zu Hause ankommen. Dort erwartet meinen Vater und mich meine total überdrehte Mutter.

»Ihr glaubt es nicht. Ich habe meinen ersten Auftrag. Ich soll eine Skulptur für das Wartezimmer einer Arztpraxis gestalten. Ich habe den ganzen Nachmittag überlegt, und jetzt weiß ich, was ich machen will. Ein Windspiel. Mit Gipsabdrücken von Körperteilen. Schließlich geht es in einer Arztpraxis ja um den Körper. Wie findet ihr das?«

Mein Vater kratzt sich am Hals.

»Ist das nicht vielleicht ein bisschen direkt? Da gehst du mit einer verstauchten Hand zum Arzt und da baumelt da so eine tote Hand direkt vor deinen Augen. Ich weiß nicht, ob mich solche Kunst dann beruhigen würde.«

Meine Mutter schaut ihn wütend an. »Du bist ein Kunstignorant. Du stellst Plastikblumen in dein Wartezimmer. Das ist eine Beleidigung fürs Auge. Meine Idee ist perfekt. So, Paul, das heißt, dass ich dich jetzt brauche.«

»Mich? Wofür?«

»Für die Gipsabdrücke. Die Skulptur soll ja nicht so groß werden. Du bist das perfekte Model.«

Ich habe gerade ein ganz komisches Gefühl im Bauch.

»Und wovon genau willst du Abdrücke machen?«

»Gesicht, Hand, Fuß, Po.«

»Wie bitte? Du willst einen Abdruck von meinem Hintern machen? Nur über meine Leiche!«

Meine Mutter geht langsam auf mich zu und zischt nur »Okay«.

Ich weiche zurück.

»Mama, sei nicht sauer, bitte. Ich möchte einfach nicht, dass der Abdruck meines Hinterns öffentlich irgendwo baumelt.«

»Es steht doch nicht dein Name drauf!«

»Ines, ich finde Paul hat recht«, mischt mein Vater sich ein. »Das ist zu persönlich.« Ich atme auf.

Meine Mutter taxiert mich. »Schade«, sagt sie irgendwann. »Der Po als größtes Teil hätte natürlich am meisten gebracht.«

»Was gebracht?«, erkundige ich mich.

»Honorar. Wenn du für mich Modell stehst, entlohne ich dich natürlich.«

Ich überlege kurz.

»Wie viel für was?«

»Hand zehn Euro, Fuß zehn Euro, Gesicht zwanzig und Po dreißig Euro«, sagt sie ganz kühl.

Ich rechne. Das wären siebzig Euro. Die könnten Jakob und ich echt gut gebrauchen. Ich nicke nur.

Natürlich bereue ich es, als ich zwei Stunden später mit den Gipstüchern auf dem Arsch auf meinem Bett liege. Hand, Fuß und Gesicht ist schon fertig. Ich liege auf dem Bauch, meine Mutter schichtet an meinem Allerwertesten, als es plötzlich klingelt. Mein Vater hatte entweder vergessen, was in meinem Zimmer gerade passiert, oder es ist ihm völlig egal. Auf jeden Fall schickt er Jakob einfach nach oben. Ich höre nur, wie die Tür aufgeht und er »Ups-ups« sagt. Ich drücke ganz fest die Augen zu und wünsche mich oder ihn ganz weit weg.

Als die Prozedur endlich vorbei ist, meine Mutter das Zimmer verlassen hat und wir ungestört reden können, erzählt Jakob, warum er hier ist: »Wir haben unseren ersten Auftrag!« Seine Augen funkeln.

»Was ist es?«, frage ich. »Kaiman? Schnappschildkröte?«

»Max«, sagt Jakob nur.

»Und was ist Max? Meerschweinchen, Katze, Delfin – oder was?«

»Max ist Max und wird fünf Jahre. Am Samstag ist der Kindergeburtstag. Und wir sind gebucht, um die Party als Indianer zu stürmen«, führt Jakob aus. Er fährt mit meinem Schreibtischstuhl ein bisschen Karussell, hält plötzlich an und flüstert: »Siebzig Euro.«

»Du hast siebzig Euro verlangt?«, schreie ich aufgeregt und halte mir die Hand vor den Mund. Hoffentlich hat meine Ma nichts gehört.

»Die Mutter von Max, der eigentlich Maximilian heißt, hat mir ganz umständlich erzählt, wie gefeiert wird. Die haben extra ein riesiges Tipi bestellt und stellen einen Marterpfahl auf. Außerdem gibt es für Klein Maxi noch Ponyreiten und ein Lagerfeuer mit Würstchengrillen. Und ich dachte mir dann, wenn die schon so viel Geld ausgegeben haben und uns trotzdem noch engagieren, scheint Geld für die keine so große Rolle zu spielen.«

Ich starre Jakob an. So lange am Stück hat er noch nie gesprochen. Noch nie ohne Echo-Effekt.

»Und was genau sollen wir machen?«

»Punkt halb fünf die Party als Indianer stürmen und uns dann 16:50 Uhr in die Flucht schlagen lassen-lassen.«

Mist. Ich hatte kurz gehofft, Jakobs Macke wäre weg und wir könnten die Kohle behalten.

»Warum genau 16:50 Uhr?«

»Weil um exakt siebzehn Uhr das Elektro-Auto vorfährt. Ein Mercedes natürlich. Das ist das Geschenk von Maxis Eltern an Maximilian.«

»Der ist fünf Jahre und bekommt einen Elektro-Mercedes? Ich fasse es nicht.«

27.

Viele Dinge an meiner Mutter finde ich ja wirklich merkwürdig bis peinlich. Was allerdings super ist: Sie wirft nichts weg. Unser Keller ist randvoll mit Dingen, die man fast nie braucht. Auch mit Verkleidungen. Ich stöbere in der großen Karnevalskiste und finde tatsächlich noch eine Indianerperücke, ein Plastik-Tomahawk, zwei Flitzebögen, eine Lederweste und eine Kette mit bunten Federn. Damit gehen Jakob und ich am Samstag definitiv als zwei blutrünstige Indianer auf Kriegspfad durch. Ich freue mich schon richtig auf unseren Auftritt.

Als ich am nächsten Morgen aufstehe und in die Küche gehe, liegt da nur ein Zettel von meiner Ma. *Mach dir bitte ein Müsli, kein Nutella-Brot!! Ich bin in die Arztpraxis und stelle mein Kunst-Mobile vor. Bin gleich zurück. Ma.*

Als ob ich nicht wüsste, von wem die Nachricht ist.

Ich mache mir zwei Brote mit Nutella. In Wirklichkeit ist das keine echte Nutella. Es ist so ein Schoko-Aufstrich aus dem Reformhaus.

Dann geht es in den Keller. Da habe ich nämlich gestern beim Indianerkostümbasteln auch eine riesige Folie entdeckt. Eine richtig riesige Folie. Der perfekte Sichtschutz für mein Baumhaus. Damit wird das Haus noch cooler.

Mit Mühe kriege ich das Teil die Leiter hinauf. Da oben binde ich mir die Folie mit einem langen Seil auf den Rücken. Schließlich muss ich jetzt weiter hoch klettern, um sie über einen Ast zu hängen. Die ersten Schritte sind leicht. Dann werden die Äste dünner. Es knackt bedenklich. Auf allen vieren klettere ich weiter. Ich finde einen dicken Zweig, über den ich die graue Folie so hängen kann, dass sie fast bis zum Boden des Baumhauses runterhängt. Ich bin schon auf dem Rückweg, als es einmal kurz, aber sehr laut knackt und der dicke Zweig, auf dem ich mit dem linken Fuß stehe – stand! –, einfach abbricht. Ich kann mich in allerletzter Sekunde retten und klammere mich jetzt mit beiden Armen an den Baumstamm. Mein rechter Fuß steht auf einem Ast, mein linker schwebt in der Luft. Ich weiß nicht, wohin damit.

Ich gucke kurz runter.

Ich bin noch verdammt hoch. Wenn ich jetzt hier runterknalle, kann ich mir wohl selber so ein Legomobil bauen.

Und weit und breit ist niemand, der mir helfen kann.

Wer weiß, wann meine Mutter zurückkommt. Vielleicht geht sie auch erst noch einkaufen. Vielleicht diskutiert sie stundenlang mit diesem Arzt über die Bedeutung ihres Mobiles. Wahrscheinlich türmen sich in dem Wartezimmer schon die Kranken, während sie dem Doktor erzählt, wie sie mein Hinterteil eingegipst hat. Wie lange werde ich mich hier halten können? Was, wenn mir gleich die Arme einschlafen und ich ganz langsam abrutsche und mit dem Kopf zuerst unten aufkomme? Ich schlage bestimmt auf einen Stein auf. Mein Schädel wird in mehrere Teile zerspringen. Es wird fürchterlich aussehen.

Was, wenn ich jetzt von einem wilden Tier angegriffen werde?

Einem tollwütigen Fuchs zum Beispiel?

Ich werde ihm hilflos ausgeliefert sein. Er wird mich hier im Baum in blutige Stücke reißen.

Und all das nur, weil meine Mutter meint, sie sei eine Künstlerin.

Die Wut brodelt in mir wie überkochende Milch.

Vielleicht verdurste ich ja auch. Es ist schließlich Sommer. Ich habe vor einer Stunde das letzte Mal was getrunken. Ich spüre plötzlich wie mein Hals ganz trocken wird. Das ist bestimmt schon der Anfang. Wahrscheinlich bekomme ich gleich Halluzinationen, weil ich austrockne.

Ich werde wilde Tiere sehen.

Oder Aliens.

28.

Nach gefühlten siebzehn Stunden höre ich den VW von meiner Mutter. Die Tür schlägt. Und ich schaffe ein krächzendes »Mama!«.

Die Haustür schlägt zu. Wenn sie jetzt – wie immer – ihr Küchenradio in voller Lautstärke aufdreht, werde ich hier jämmerlich sterben. Ich hole tief Luft und brülle in voller Lautstärke »MAMA«. Sie erscheint auf der Terrasse.

»Paul?«, ruft sie in die Gegend.

»Ja, Paul. Genau. Dein Sohn«, antworte ich wütend.

»Wo bist du?«

»Hier oben.«

Sie guckt aufs Hausdach.

»Im Baum«, schreie ich.

Endlich kommt sie näher und sieht mich.

»Was machst du da oben?«

»Ich genieße den Ausblick.«

»Was? Warum?«

»Mama, ich kann nicht runter. Ein Ast ist abgebrochen. Ich brauche eine Leiter«, erkläre ich ihr, und meine Stimme überschlägt sich.

»Soll ich die holen?«

»Nein. Du kannst die auch durch die Kraft deiner Gedanken hierhinbeamen.« Jetzt heule ich.

»Alles klar. Warte da«, sagt sie überflüssigerweise.

Als ich später auf dem Sofa liege, unter Protest meiner Mutter, drei Gläser Apfelsaft ohne Mineralwasser (viel zu viel Fruchtzucker!) in mich hineingeschüttet habe und meine Knie beobachte, die langsam zu zittern aufhören, sagt meine Mutter in die Stille: »Sie wollen mein Mobile nicht.« Dann haut sie so fest auf den Tisch, dass ein Apfel aus dem Obstkorb fällt, über den Tisch kullert und auf dem Boden landet.

»Warum wollen sie dein lustiges Mobile nicht?«, erkundige ich mich.

»Es ist nicht lustig. Das ist Kunst. Außerdem wollen sie es schon ein bisschen. Halb.«

»Und welche Hälfte von dem Kunstwerk wollen sie?«

»Den Fuß und die Hand«, murrt sie. »Das wäre eine schöne Idee. Hand und Fuß würden ja auch symbolisieren, dass man sehr gründlich arbeitet.«

»Sie wollen also mein Gesicht und meinen Arsch nicht?«, frage ich hoffnungsvoll.

»Genau. Als wäre mein Mobile eine Art Fleischwurst,

von der man sich abschneiden kann, so viel man will«, beschwert sich meine Mutter.

Ich versuche, mitfühlend zu klingen. »Im Ernst, Mama. Ist doch nicht so schlimm. Dann kann ich den Abdruck von meinem Gesicht als Maske ganz wild anmalen und zu Halloween tragen und den Gips-Popo hängst du an die Wand. Und immer, wenn du wütend bist und mir am allerliebsten das Hinterteil versohlen möchtest, haust du einfach den Gips.«

Natürlich will sie nicht grinsen. Kann aber nicht anders. Die gute Nachricht: Sie hat zum Mittag Pizza mitgebracht. Zwei Stunden später kann ich mich fast nicht mehr bewegen, so satt bin ich. Ich gehe in den Garten und schaffe es so vollgefressen gerade noch in mein Baumhaus.

29.

»Paul, guck mal-mal.«

Unten steht Jakob mit einem Baseball-Schläger in der Hand.

»Was willst du denn damit? Dich wehren, falls dir jemand doof kommt?«

»Quatsch. Hat mir meine Mutter gekauft. Komm, lass uns spielen.«

Ich hasse Ballspiele. Ganz oben auf der Liste der unerwünschten Ballspiele steht Fussball. Dann kommt Basketball. Dann Handball (glaube ich … Habe ich noch nie spielen müssen!). Dann Tennis. Und dann bestimmt Baseball. Habe ich auch noch nie versucht.

»Wo denn?«, erkundige ich mich zögernd.

»Auf der Straße natürlich. Im Garten ist das ja ein bisschen blöd-blöd.«

Doppelt blöd quasi.

Ach ja: Minigolf hasse ich auch.

Ich raffe mich auf. »Ich komme«, rufe ich. Am liebsten würde ich sagen: Frag doch jemand anderen.

»Warum soll ich den Ball denn so weit wie möglich wegschleudern, wenn ich den selber wieder holen muss? Das ist doch total bescheuert«, sage ich, als mir Jakob die Regeln erklärt hat.

»Das ist halt eigentlich ein Mannschaftssport. Aber wir haben gerade keine Mannschaft«, erklärt mir Jakob.

»Wir könnten ja ein Team sein«, schlage ich vor.

»Super. Und gegen wen spielen wir dann?«

Hat er auch recht.

Jakob guckt mich an. »Vielleicht könnten wir Piggy dazu bringen, den Ball immer zurückzubringen. So wie ein Hund.«

»Piggy läuft nichts hinterher, das nicht essbar ist. Dann müsstest du deinen Ball schon mit Leberwurst einschmieren.«

»Auf gar keinen Fall. Der war teuer. Ich will nicht, dass der nach Leberwurst stinkt. Das ist ekelig«, kontert Jakob sofort.

»Ich glaube eh nicht, dass ich den Ball überhaupt mit diesem Schläger treffe«, räume ich ein. »Deswegen können wir das ohnehin vergessen.«

»Das ist nicht so schwierig, wie es aussieht. Echt nicht. Komm, wir versuchen es einfach mal«, fordert Jakob mich auf.

Er drückt mir den Schläger in die Hand und geht ein

paar Meter von mir weg. Ich gehe leicht in die Hocke und schwinge den Schläger mutig vor mir her.

Jakob ist auch in Stellung gegangen.

»Ich werfe jetzt-jetzt«, brüllt er und schleudert mir den Ball entgegen. Ich reiße den Schläger hoch. Und ich treffe den Ball.

Ich treffe ihn tatsächlich! Ich bin fassungslos. Vielleicht ist Baseball *mein* Sport. Ich bin ein absolutes Talent. Meine Karriere wird in die Geschichte des internationalen Baseballs eingehen. Ich sehe dem Ball hinterher. Er fliegt. Ich fühle mich fünf Zentimeter größer.

Und dann höre ich ein unschönes »Plopp«. Es ist ein sehr sattes Geräusch.

Der saudoofe Ball ist gegen ein Auto geknallt. Der Ball tropft von dem Metall ab und kullert den Bürgersteig runter.

Jakob und ich gucken uns wortlos an und gehen langsam Richtung Auto samt Beule.

Eigentlich sieht die Beule ganz hübsch aus. Sie ist sehr schön rund. Ganz gleichmäßig. Leider ist diese Beule im Auto meiner Mutter. Und ich bin schuld.

Nein.

Jakob ist schuld. Er wollte ja unbedingt, dass wir seinen neuen Baseball-Schläger ausprobieren.

Ich taste die Beule ab und gucke ganz unauffällig zum Küchenfenster. Hat meine Mutter was mitgekriegt?

Offenbar nicht.

Sonst würde sie schon längst vor mir stehen und mir mit sehr lauter Stimmer mitteilen, dass ich mit meinem gesamten Ersparten diese Beule bezahlen müsste und dass ich *immer alles* kaputt mache und sie jetzt *sehr* sauer auf mich sei.

Sie kommt aber nicht.

Niemand kommt.

Ich gucke Jakob an.

»Vielleicht könnten wir noch mal genau den morgigen Indianerüberfall durchgehen«, schlage ich vor und wende mich ganz langsam vom Tatort ab.

»Gute Idee-Idee«, sagt Jakob sofort. Er ist knallrot im Gesicht.

Wir drehen uns um und schlendern langsam zu Jakobs Haus rüber.

30. 

»Also. Wie ist unser Plan?«, frage ich Jakob und lasse mich auf seinen Sitzsack fallen.

»Wir stürmen einfach mit lautem Indianergeheul die Party und tun so, als wollten wir diesen Max fesseln und an den Marterpfahl binden-binden«, schlägt Jakob vor. »Nur, was machen wir mit den anderen?«

Ich überlege kurz.

»Wie wäre es, wenn ich mich auf den Max stürze und du die anderen Kids mit einem Lasso einfängst? Wir könnten ja auch so tun, als wollten wir die Mädchen verschleppen und zu unserem Stamm bringen.«

Plötzlich springt Jakob auf. »Warte hier. Ich hole das Messer! Ich bin gleich wieder da-da.« Ich lehne mich zurück und bin gespannt, was für ein Hackebeil Jakob jetzt anschleppt. Wir sollten uns auf jeden Fall unser Honorar vorher auszahlen lassen.

Jakob kommt mit einem abgebrochenen Messer zurück.

»Was willst du denn damit?«, frage ich ihn irritiert.

Und dann steckt das Messer plötzlich in Jakobs Brust. Also es sieht so aus. An dem Messer ist ein unsichtbares Gummiband. Damit hat er sich das umgebunden. Es sieht original so aus, als hätte Jakob ein Messer bis zum Schaft in den Rippen stecken.

»Das ist super. Die Kids werden Augen machen«, freue ich mich.

»Also gut. Ich fessle diesen Max an den Marterpfahl und tue so, als wollte ich ihn mit einem Bogenpfeil erschießen. Du rennst mit dem Messer in der Brust auf die andern zu und schwingst das Tomahawk und das Lasso. Unser Auftritt dauert ja nur zwanzig Minuten. Und dann lassen wir uns in die Flucht schlagen.«

Jakob nickt.

»Ich nehme am besten die Perücke, deine Haare sind ja so lang, dass die schon als Indianermatte durchgehen«, sagt er schließlich.

»Sehr witzig«, zische ich ihn an. »Meinst du, ich laufe gerne so rum?«

»Warum gehst du dann nicht zum Friseur?«

»Meine Mutter«, sage ich nur bedeutungsvoll.

»An deiner Stelle würde ich mir die einfach selber schneiden. Zumindest den Pony.«

Ich starre ihn an.

»Kannst du das?«, frage ich vorsichtig.

»Klar. Das kann doch jeder. So ein Pony ist ja schließlich einfach nur gerade. Das ist ja wohl keine Kunst«, urteilt Jakob.

Ich kämme mit den Fingern meinen Pony, den ich sonst immer zur Seite schiebe, glatt runter. Er geht echt über die Augen.«

»Ich hole eine Schere«, höre ich Jakob sagen.

»Willst du das echt machen?«

»Klar, komm. Ab ins Bad.« Jakob kämmt mir den Pony gerade runter. Dann macht es schnipp, schnapp und jede Menge Haare rieseln auf den Boden. Jakob guckt mich kritisch an.

»Bleib mal still«, sagt er leise, und wieder macht es schnipp und schnapp.

Es rieselt wieder. Jakob kämmt wieder.

»Was ist los?«, frage ich ein bisschen ängstlich.

»Es sieht irgendwie nicht gerade aus«, stellt Jakob fest.

Ich springe auf und gucke in den Spiegel.

»Das ist total schief«, brülle ich. Ich reiße ihm die Schere aus der Hand und versuche es selber. Rechts ist es viel kürzer als links. Also schneide ich links ein bisschen ab. Leider ein bisschen zu viel. Jetzt ist es links viel kürzer. Und insgesamt ist nicht mehr sehr viel zum Schneiden da.

»Vielleicht kannst du das ja mit Gel so hoch machenmachen«, schlägt Jakob ziemlich verzagt vor.

»Ich sehe aus wie eine hässliche Mischung aus einer hysterischen Barbiepuppe und einem gerupftem Suppenhuhn« schreie ich ihn an. »Das wird mit Gel auch nicht besser.«

Damit stampfe ich raus.

Ich kann sehen, was meine Mutter denkt, als sie mich sieht: »Ach du Scheiße«, steht in ihrem Blick.

»Was ist denn mit dir passiert?«, sagt sie endlich.

»Jakob meinte, er wäre ein toller Friseur.«

»Ist er offenbar nicht«, stellt sie nur trocken fest. »Komm, dann wollen wir mal.«

»Was wollen wir?«

»Na zum echten Friseur. So kannst du ja unmöglich rumlaufen. Da wirst du ja auf der Straße ausgelacht«, stellt sie fest.

Ich schnappe mir meine Strickmütze und folge ihr zum Auto.

Da wartet leider das nächste Problem. Die Delle. Meine Mutter sieht sie natürlich sofort. Und was macht sie? Nichts. Also, fast nichts. Sie sagt nur: »Ach guck mal, das ist aber eine fette Beule, was?«

Ich liebe meine Mutter.

31.

»Das sieht ja lustig aus«, findet die Friseurin.

»Vielleicht könnten sie das ein bisschen beischneiden«, schlägt meine Mutter vor.

»Vielleicht könnte ich aber auch endlich mal eine Frisur wie ein Junge haben«, mische ich mich ein.

»Was ist denn eine Jungenfrisur?«, fragt meine Ma.

»Kurz. Sehr kurz«, erkläre ich ihr.

»Und das möchtest du wirklich?«

»Ja. Das möchte ich seit Jahren wirklich. Auf dem Schulhof werde ich schon Paula genannt«, lüge ich und gucke ganz traurig.

Sie seufzt. »Also gut. Dann scheren sie mein Kind mal«, fordert sie die Friseurin auf. Und eine halbe Stunde später habe ich einen megacoolen Haarschnitt. Raspelkurz, oben drauf ein bisschen länger und alles mit Gel hochgestylt.

Eigentlich sollte ich Jakob dankbar sein. Aber das braucht er nicht zu wissen. Ich habe mir vielmehr eine hübsche kleine Rache für ihn ausgedacht.

Direkt nach dem Abendessen gehe ich mit dem Telefon in mein Zimmer und wähle Jakobs Handynummer. Es dauert ewig, bis er endlich rangeht.

»Ja?«, sagt er vorsichtig.

»Schmidt hier«, sage ich mit meiner tiefsten Stimme. »Bist du der, der die Tierpartys macht?«

»Ja, das bin ich-ich. Mit einem Freund.«

»Gut. Ich habe eine Schlange und die würde sich über so eine Party bestimmt freuen. Die liegt da in letzter Zeit immer so gelangweilt rum.«

»Eine Schlange-Schlange?«, fragt Jakob nach.

Ich muss mich echt zusammenreißen, um nicht loszuprusten.

»Was? Eine schlanke Schlange? Natürlich ist die schlank. Und lang. Sehr lang. Eine normale Würgeschlange eben.«

»Würgeschlange-schlange?«, wiederholt Jakob.

»Ja, sagte ich doch. Bist du schwerhörig? Aber die ist ganz lieb. Ich habe mir überlegt, dass ihr ihr auch was zum Essen mitbringen könntet. Zu einer Party gehören ja auch Häppchen.«

»Und was isst die so-so?«

»Mäuse natürlich. Und Regenwürmer. Kleine Vögel auch. Aber die sind schwer zu kriegen.«

»Aber wo sollen wir denn tote Mäuse oder Vögel herkriegen?«

»Tot?«, brülle ich. »Die müssen natürlich noch leben. King will sein Futter natürlich selber erwürgen.«

»King-King?«

»Nein. Nur King«, sage ich und beiße mir auf den Finger.

Ich höre Jakob tief einatmen.

»Und ihr könnt eine Flöte mitbringen. Könnt ihr Flöte spielen? Bestimmt, oder? King mag Flötenmusik. Da wird er immer ganz lebhaft.«

»Ist das nicht gefährlich-gefährlich?«

»Nicht, wenn man im richtigen Moment aufhört«, sage ich darauf.

»Und wenn ich nicht weiß, wann der richtige Moment ist-ist?«

»Dann solltest du wenigstens schnell sein«, kontere ich. »Du willst ja nicht, dass dich King mit seinem Futter verwechselt, oder?«

»Ich bespreche das mit meinem Freund und rufe Sie wieder an, ja-ja?«, höre ich Jakob quietschen.

»Mach das. Ich lade schon mal ein paar andere Schlangen ein. Eine Party feiert man ja nicht alleine. Ich denke, dass bestimmt so fünf, sechs Gäste kommen. Das wird ein Gewühl.«

Das mit den Gästen ist mir gerade erst eingefallen. Ich könnte mich kaputtlachen.

Komischerweise höre ich jetzt am anderen Ende ein

Schnaufen. Hat Jakob eine Panikattacke? Kollabiert er? Aber da dröhnt schon sein Gewieher durch den Hörer. Jakob lacht sich tot.

»Bist du jetzt fertig, Paul? Oder was kommt noch? Willst du mir noch erzählen, dass genau gegen dieses Schlangengift weltweit noch kein Serum gefunden wurde?«

»Hast du mich erkannt?«, wundere ich mich.

»Natürlich. Ein Flötenkonzert für einen Schlangengeburtstag, so etwas fällt echt nur dir ein.«

Mist.

32.

Als ich am nächsten Morgen aufstehe, traue ich meinen Augen nicht. Meine Mutter steht im Wohnzimmer und dekoriert Blumen mit silbrigem Lametta.

»Wie lange habe ich geschlafen?«, frage ich vorsichtig.

»Warum?«, fragt sie zurück, ohne sich umzudrehen.

»War ich vielleicht im Koma und wir haben schon Weihnachten?«

»Ach so«, lacht sie fröhlich. »Nein, mach dir keine Sorgen. Du hast noch immer Sommerferien. Aber ich bin heute in so einer glänzenden Stimmung irgendwie. Und ich finde, dass Lametta doch viel zu schön ist, um es nur Weihnachten aufzuhängen. Schau mal, wie die Sonne sich darin spiegelt. Eigentlich passt Lametta viel mehr zum Sommer. Was meinst du?«

»Ich meine, dass es gut ist, dass du nur hier drinnen dekorierst. Wenn deine Alufoliengeschnipsel auch noch draußen hingen, würden uns die Nachbarn wohl für immer für total bekloppt abstempeln.«

»Ach, draußen war ich schon. Guck mal, wie süß das in der Birke funkelt.«

Sie zeigt in unseren Garten. Dann guckt sie mich überrascht an. »Was hast du gesagt? Alufoliengeschnipsel? Eigentlich keine schlechte Idee. Wir machen unser Lametta demnächst einfach selber!«

Ich lasse mich auf die Treppe fallen und lege meinen Kopf auf die Knie.

»Aber das ist vielleicht doch etwas zu aufwendig«, überlegt meine Mutter jetzt laut. »Das ist höchstens mal eine hübsche Strafe für dich, wenn du wieder Quatsch gemacht hast.«

Jetzt reicht es mir aber echt.

»*Du* verteilst großflächig im Juli Lametta und redest davon, dass *ich* Quatsch mache. Super.«

Um vier Uhr klingeln wir bei Max. Unsere gesamte Ausrüstung mit Perücke, Tomahawk, Bogen und so weiter haben wir in einem kleinen Wäldchen direkt hinter Max' Garten deponiert.

Später werden wir von diesem Wäldchen aus die Party stürmen.

»Seid ihr auch eingeladen? Ihr seid so groß«, begrüßt uns Max' Mutter mit einem kritischen Blick. Sie guckt auf einen Zettel in ihrer Hand. »Wie heißt ihr denn? Ich muss euch abhaken.«

Wow. Ein Geburtstag eines Fünfjährigen mit Gästeliste. Nicht schlecht.

»Wir sind nicht eingeladen. Wir sind das Indianer-Überfallkommando«, erkläre ich ihr.

Sie guckt an uns runter.

»Ihr seht gar nicht wie Indianer aus«, stellt sie fest.

»Noch nicht. Wir ziehen uns gleich um«, erkläre ich ihr sehr laut. Aus dem Garten kommt nämlich ein mega Getöse.

»Wir würden gerne erst das Geschäftliche erledigen«, sagt Jakob jetzt.

Das Geschäftliche erledigen. Das klingt echt gut. Finde ich zumindest. Obwohl man ja auch sagt, dass man »ein Geschäft erledigt«, und das ist dann wieder was ganz anderes. Komisch irgendwie.

»Stimmt, stimmt«, murmelt die Mutter und wühlt in ihrer Handtasche nach ihrem Portemonnaie.

»Und ihr wisst, was ihr gleich zu tun habt?«.

»Absolut«, beruhige ich sie. »Wir stürmen das Fest, jagen den Kids einen kleinen Schrecken ein und dann lassen wir uns vertreiben.«

»Ganz genau. Aber wirklich nur so ein kleines bisschen erschrecken. Da sind ein paar kleinere Mädchen dabei. Die sind bestimmt sensibel. Vielleicht könnt ihr ja noch einen kleinen Regentanz mit einbauen, damit es friedlich wird. Oder?«, schlägt sie vor.

»Kein Problem. Wir sind ganz brave Indianer. Wir sind nicht wirklich blutrünstig-rünstig«, sagt Jakob schnell.

Ich starre ihn an. Rünstig?

Das ist noch nicht mal ein Wort. Oder?

Oder kann man auch geldrünstig sein?

Oder schokoladenrünstig?

»Gut, hier ist euer Honorar. Aber vergesst nicht, dass ihr um exakt zehn vor fünf fertig seid. Um genau fünf Uhr wir der Mercedes mit riesigen Wunderkerzen in den Garten gefahren. Das Timing ist extrem wichtig«, schärft uns die Max-Mama ein.

»Wir werden pünktlich sein«, verspreche ich ihr und stecke die Scheine ein. Sie gibt uns wirklich siebzig Euro! Ich kann das immer noch nicht glauben.

33.

In dem Wäldchen ziehen wir die Shirts aus und reiben uns mit Dreck ein. Jakob setzt sich die Perücke auf und schnallt sich sein Messer um. Da, wo es so aussieht, als würde das Messer in seinen Rippen stecken, verschmiere ich noch etwas Lippenstift von meiner Mutter. Den habe ich extra dafür mitgenommen. Es sieht echt wie eine blutige Wunde aus. Ich stecke mir noch eine Feder in ein Lederband, das ich mir um den Kopf gebunden habe. Meine Indianermähne ist ja Jakobs Friseurkünsten zum Opfer gefallen.

»Los geht's!« Ich stimme ein Kriegsgeheul an. »Lass uns die Party von Max mal ein bisschen aufmischen. Ich schnappe mir diesen Max und du dir seine Geburtstagsgäste.«

Damit renne ich los und schwinge das Tomahawk. Die Klinge blitzt total echt in der Sonne. Doch plötzlich sehe ich, wie Jakob an mir vorbeispurtet. Er schreit in einer Mörderlautstärke »ATTACKE! Wir rotten euch aus!«

Ups. Der nimmt die Aufgabe aber wirklich ernst, denke ich zuerst. Lustigerweise hat er offenbar seine Macke auch nicht, wenn er brüllt. Dass das eine Alternative für die Schule ist, glaube ich allerdings nicht.

Die ersten Kinder haben uns entdeckt und gucken uns neugierig entgegen. Ich lege auch einen Zahn zu, schließlich will ich nicht Minuten nach Jakob auf der Party sein. Ich hole auch tief Luft und stoße noch mal ein Kriegsgeheul aus, allerdings nicht ganz so laut.

Max' Mutter hat immerhin gesagt, wir sollten nicht zu wild sein.

Jakob hat das offenbar vergessen. Er schreit jetzt: »Eure Stunden sind gezählt. Wir sind die blauen Rothäute auf dem Kriegspfad.«

Vielleicht übertreibt er gerade ein bisschen. Ich versuche ihn einzuholen, aber er ist zu schnell. Plötzlich sehe ich etwas aufblitzen. Es ist eine goldene Krone und steckt auf dem Kopf von einem Kind. Max vermutlich. Ich laufe auf ihn zu und erkenne zu spät, dass er zum Geburtstag auch eine Nerf geschenkt bekommen hat. Es macht »Ratatata« und mich treffen gefühlt hundert von diesen blöden Plastikscheiben. Ich ducke mich, komme ins Straucheln und falle ins Gras. Vielleicht könnte Jakob mir ja zu Hilfe kommen. Der rennt allerdings gerade hinter ein paar kichernden Mädchen ins Tipi. Die Mädchen kommen auf der anderen Seite raus.

Jakob nicht, weil die Kids ganz schnell alle Abspannseile lösen. Das Zelt sinkt in sich zusammen. Von Jakob ist nur noch ein dumpfes »Ich will hier raus« zu hören. Er zappelt unter dem Zelt wie ein Fisch im Netz. Max hat mittlerweile nachgeladen und zielt wieder auf mich. Bei meinem Sturz ist leider mein schöner Bogen zerbrochen. Na toll! Jetzt sehe ich ja besonders gefährlich aus. Strauchelnder Indianer mit zerbrochenem Bogen.

»Ich werde dich mit einem Fluch verwünschen«, schreie ich Richtung Max und robbe langsam rückwärts. Jakob hat sich mittlerweile aus dem Zelt befreit und wird von den johlenden Mädchen mit einem Schwall aus dem Gartenschlauch erwartet. Das kann er nicht sehen, weil ihm seine Perücke ins Gesicht gerutscht ist. Im nächsten Moment springe ich auf. Max hat das Lasso in der Hand und kommt auf mich zu. »Du kommst jetzt an den Marterpfahl«, schreit er.

Hier läuft doch was falsch! Ich sprinte zu Jakob. »Los Abmarsch«, schreie ich laut. Leider direkt hinter dem Pony, das sich offenbar erschrickt. Es tritt erst nach hinten aus, steigt dann vorne in die Höhe und reißt sich los – offenbar war es nicht sehr fachgerecht angebunden – und rast an dem Haus vorbei auf die Straße. Dabei scheint ihm irgendwas im Weg zu stehen. Es scheppert und klirrt. Und ich bin mir plötzlich sicher, dass Max heute keinen Elektro-Mercedes mehr bekommt.

Unser Rückzug fällt noch hastiger aus als geplant. Im Versteck schwingen wir uns auf die Räder und treten in die Pedale.

Natürlich ernten wir auf dem Rückweg ein paar komische Blicke. Vor allem, weil Jakob immer noch die Messerattrappe zwischen den Rippen stecken hat.

34. 

»Was für ein Reinfall«, stöhne ich, als wir uns im Baumhaus ermattet auf den Rücken fallen lassen. »Dieser Typ hat mich echt beschossen.«

»Die Mädchen waren total gemein-gemein«, jammert Jakob. »Ich mache das nicht mehr. Unsere Geschäftsideen sind allesamt Quatsch.«

Ich blicke ihn streng an. »Wir lassen uns doch von so einer kleinen Katastrophe nicht aus der Spur werfen. Natürlich machen wir weiter! Denk an diesen kleinen Marvin mit der großen Brille. Wir müssen unsere Firma noch ausbauen«, sage ich mit fester Stimme. So lange wir keinen Plan B haben, können wir doch jetzt nicht alles hinwerfen. Ich gucke vorsichtig zu Jakob.

Ich glaube, er hat Tränen in den Augen.

»Guck mal«, lenke ich ihn ab und zeige nach unten auf die Terrasse. Da sitzen meine Eltern vor einer großen Kuchenplatte.

»Komm, wir ziehen uns um und machen auf brave Jungs. Vielleicht kriegen wir ja was ab«, schlage ich vor.

In dem Moment geht das Handy von meinem Vater. Er spricht nur kurz und legt dann auf. »Notfall«, höre ich ihn sagen. Mit einem Kuss verabschiedet er sich von meiner Mutter und ist weg. Wir klettern runter, düsen auf die Terrasse und Jakob sagt tatsächlich: »Das sieht wirklich schön aus mit dem Lametta überall.«

Meine Mutter strahlt ihn sofort an. »Möchtet ihr Kuchen? Schmeckt wirklich gut.«

»Du hast den aber nicht selbst gemacht, oder?«, vergewissere ich mich.

Sie grinst breit. »Natürlich nicht. Habe doch gesagt, dass er gut schmeckt.«

Nach zwei dicken Stücken (jeder) gehen wir wieder ins Baumhaus und chillen.

Vorsichtig lenke ich nach einer Weile das Gespräch wieder auf unsere Geschäfte. Ich denke, jetzt nach der Kuchenstärkung ist Jakob wieder stabil genug. Und tatsächlich, er springt darauf an. Wir überlegen gerade, wie wir uns beim nächsten Mal besser vorbereiten könnten, als mein Vater zurückkommt. Er lässt sich in einen Stuhl fallen und stöhnt: »Das glaubst du nicht. Ich musste ein Pony behandeln, das in ein Elektro-Auto für Kinder getreten war.«

»Wieso wollte das denn mit dem Auto fahren?«, erkundigt sich meine Mutter interessiert.

»Der wollte nicht fahren. Der wollte weg. Ganz

schnell. Da war nämlich ein Kindergeburtstag, für den zwei durchgeknallte Indianer gebucht waren. Die sollten da so ein bisschen das Kriegsbeil schwingen und dann wieder mit Geheul verschwinden. Aber was machen diese Indianer? Hinterlassen eine totale Verwüstung, zerstören das Tipi und Geschenke – und das Pony ist verletzt.«

»Schwer?«, fragt meine Mutter besorgt nach. Ich halte die Luft an. Das täte mir wirklich leid, wenn dem Pony was passiert wäre.

»Nein, nein«, beruhigt mein Vater sie. »Ein paar kleine Schnitte. Das verheilt schnell wieder.«

Ruckartig wendet er den Kopf und guckt direkt zu uns hoch.

»Paul?«

»Ja«, antworte ich vorsichtig.

»Du und Jakob, ihr macht doch nur Tierpartys, oder?«

»Klar. Warum?«

»Ihr habt euch nicht zufällig als Indianer für einen Kindergeburtstag buchen lassen?«

»Kindergeburtstag? Ganz bestimmt nicht. So Kinder nerven doch nur«, antworte ich schnell.

Jakob hält den Daumen hoch.

»Stimmt. Manchmal können Kinder ganz schön nerven«, mischt meine Mutter sich ein und lehnt sich vor.

Und ich bin mir ziemlich sicher, dass sie gesehen hat,

wie ich ganz schnell die Indianerperücke hinter Jakob geschoben habe.

Aber: Sie sagt kein Wort.

Eigentlich finde ich, dass dieser Tag schon ätzend genug war. Aber es kommt noch schlimmer. Wir sitzen gerade beim Abendessen, als es Sturm klingelt. Vor der Tür steht die Mutter von Emma und Mia, und zwar heulend und *mit* Emma und Mia. Sie erzählt, dass ihre Mutter die Treppe runtergefallen sei und sie sofort zu ihr ins Krankenhaus müsse. Leider sei ihr Mann gerade auf Geschäftsreise und alle anderen Freundinnen von den Zwillingen wären im Urlaub. Kurz: Ob meine Mutter kurz auf die Horror-Mädels (also das Wort hat sie nicht gesagt, aber ich habe es gedacht) aufpassen könne.

Meine Mutter stimmt natürlich zu. Die würde auch einem Krokodil unsere Badewanne anbieten. Die Zwillinge setzen sich mit finsterer Miene an den Tisch.

»Wir essen aber nichts«, verkündet eine von beiden.

»Wir haben euch auch gar nichts angeboten«, zische ich ihnen zu.

»Paul!«, weist meine Mutter mich lautstark zurecht, und die beiden Zicken grinsen mich feist an.

»Ich gehe auf mein Zimmer«, sage ich darauf.

»Paul, willst du nicht mit Emma und Mia spielen?«, fragt meine Mutter und meint das offenbar ernst.

»Natürlich. Ich weiß nur gerade nicht, wo ich meine Barbies habe«, kontere ich.

»Zeig ihnen doch mal Fell. Die freut sich bestimmt«, ist ihre Antwort.

»Fell? Freut sich? Die beiden können froh sein, wenn die Bestie ihnen nicht die Augen auskratzt.«

Emma und Mia sehen mich mit großen Augen an. Noch haben sie ja welche.

»Jetzt hör auf mit diesem Quatsch über Fell. Das ist eine liebe, verschmuste Katze und gerade jetzt braucht sie besonders viel Zuwendung. Ich glaube, dieser Gips stört sie schon sehr.«

Ich schüttele den Kopf. Meine Mutter ist eben noch nie von dieser Killerkatze angegriffen worden.

»Okay, kommt mit. Macht eure eigenen Erfahrungen. Aber sagt nicht, ich hätte euch nicht gewarnt«, fordere ich die Mädchen auf. Zögernd folgen sie mir ins Wohnzimmer, wo wir von Walter mit »Dumpfbacke, Dumpfbacke. Dumme Ziege, dumme Ziege« begrüßt werden.

Dass er jetzt neuerdings Jakobs Sprachfehler übernommen hat, passt irgendwie. Die Mädchen sind ja auch doppelt.

Fell liegt im Korb. Den Popo-Transporter hat sie original davor geparkt. Nicht schlecht.

»Geht ruhig hin, wenn ihr euch traut«, sage ich nur.

Die beiden gehen wirklich. Ich weiß nicht, ob ich das mutig oder total bescheuert finden soll. Sie fangen an, Fell auf dem Rücken zu streicheln. Und was macht dieses hinterhältige Vieh? Es beginnt zu schnurren. Dabei guckt sie mir direkt in die Augen. Der Blick sagt: »Ich weiß gar nicht, was du immer hast. Ich bin so eine liebe, verschmuste Katze.«

Ich weiche dem Blick nicht aus. Wer zuerst wegguckt, verliert.

Und während Fell mich weiter so höhnisch fixiert, dreht sie sich doch allen Ernstes auf den Rücken und lässt sich den Bauch von den Mädchen kraulen.

»Die ist so süß«, sagt Emma (oder Mia) schließlich.

»Von mir aus könnt ihr sie mitnehmen. Katzenfutter und -klo gibt es gratis dazu.«

»Das erlaubt unsere Mami bestimmt nicht.«

»Sie sagt immer, dass wir beide so süß seien, da bräuchten wir nicht noch ein niedliches Haustier«, sagt Mia (oder Emma).

Mir wird fast schlecht. Ich stehe auf und will jetzt endlich in mein Zimmer, als mich meine Ma in der Tür abfängt.

»Ihr könnt doch zusammen etwas spielen. Ich habe euch das ›Mensch ärgere dich nicht!‹ aus dem Keller geholt. Das könnt ihr doch bestimmt schon, oder?«, fragt sie in Richtung der zickigen Zwillinge.

Die nicken heftig.

Keine drei Minuten später sitze ich an einem Samstagabend mit zwei fünfjährigen Heulsusen am Esstisch und spiele ein Brettspiel. Jedes Mal, wenn ich eine von denen rauswerfe, fangen die an zu plärren. *Beide.*

»Kannst du nicht ein bisschen netter spielen?«, schlägt meine Mutter vor.

»Klar, wir können natürlich ›Mensch ärgere dich nicht!‹ ohne Rauswerfen spielen. Am besten stellt jeder seine Püppchen direkt ins Haus, dann sind wir auch schneller fertig.«

Als es klingelt, atme ich tief aus. Endlich. Ich gehe zur Tür und sage im Rausgehen zu den Nervensägen: »Ihr könnt ja schon mal eure Schuhe anziehen. Das ist bestimmt eure Mutter.«

Doch es ist nicht ihre Mutter.

Es ist Mike.

Der fiese, ätzende Mike. Er guckt mich an, guckt auf die Zwillinge hinter mir und grinst breit.

»Oh, hast du jemanden zum Spielen da? Wie süß.«

»Die sind hier nur geparkt. Was willst du?«

»Ich hatte dir vor den Ferien drei StarWars-Hefte geliehen. Die brauche ich jetzt zurück. Die hatte ich selber ausgeliehen.«

»Kannst hier warten«, sage ich knapp und gehe nach oben. Ich wühle hektisch in meinem Schreibtisch und im Regal, finde sie schließlich in der Lego-Kiste. Als ich runterkomme, grinst Mike mich feist an.

»Und? Lassen deine beiden Freundinnen dich auch mal gewinnen?«

»Hier sind deine Hefte. Abmarsch«, sage ich nur knapp.

Als er endlich raus ist, trete ich mit voller Wucht gegen die Haustür. Mike wird das natürlich allen an der Schule erzählen.

Das ist fast noch schlimmer als Jakobs Macke.

35.

Die Mutter der Zwillinge kommt an diesem Abend gar nicht mehr. Gegen neun Uhr ruft sie an und fragt, ob ihre Töchter eventuell die Nacht bei uns verbringen könnten. Die Mutter (also die Oma) sei immer noch im OP-Saal. Natürlich ist das für meine Ma kein Problem. Und wenn die Zwillingsmutter gefragt hätte, ob sie mal eben eine einjährige Weltreise mit ihren Gören machen könne, wäre das für meine Mutter auch kein Problem.

Ein Problem haben wir allerdings: Wo sollen die Zwillinge schlafen? Klar haben wir ein Gästezimmer. Da steht allerdings Leon. Und blöderweise habe ich den Mädels vorhin erzählt, dass das Chamäleon extrem gefährlich sei. Er sei schon mehrfach aus seinem Terrarium geflohen und hätte kleine Hasen, Mäuse und Igel gerissen. Dass Fell einen Gips tragen müsste, wäre auch Leons Schuld. Im letzten Moment hätte ich die Katze aus den Fängen des Raubtiers retten können. Die Mädchen waren rückwärts aus dem Raum gegangen.

Meine Mutter kann natürlich gar nicht verstehen, dass Emma und Mia auf gar keinen Fall in dem Zimmer schlafen wollen.

»Wir setzen uns einfach an den Tisch und schlafen hier«, sagt Emma (oder Mia).

»Quatsch«, entgegnet meine Ma. »Ich mache euch auf dem Dachboden einfach ein Matratzenlager.«

Ich zucke zusammen.

»Das ist das Büro von Mind-Machine«, sage ich laut.

»Das ist was?«, fragt meine Mutter erstaunt zurück.

Ich sehe, wie die beiden Mädchen schon wieder Tränen in den Augen haben. Und irgendwie tun sie mir plötzlich leid. Ist ja auch für die eine doofe Situation.

»Also gut«, lenke ich ein.

Sollen die ruhig da schlafen. Viel kaputt machen können sie ja nicht. Denke ich.

Als ich am Sonntag – nachdem Emma und Mia weg sind – nach oben geschickt werde, um die Matratzen zu holen, trifft mich der Schlag. Die Ziegen haben alle Blätter vollgemalt. Mit Prinzessinnen, Blumen, Herzchen, Pferden. Alles in Pink.

Ganz still gehe ich runter, sage meiner Mutter, dass ich krank bin und lege mich ins Bett. So wie Jakob. Mit den Füßen auf dem Kopfkissen. Vielleicht hilft das ja.

Nach einer Weile, in der ich mir selbst leidgetan habe, höre ich meine Mutter aufschreien. Eigentlich habe ich keinen Nerv, mich um die Sorgen anderer zu kümmern. Mir geht es selbst viel zu schlecht. Aber im nächsten Moment bin ich dann doch aufgesprungen und neugierig runtergeflitzt.

»Stefan, das ist zu groß. Viel zu groß. Das bringst du zurück«, sagt sie sehr entschlossen zu meinem Vater.

»Was ist zu groß?«, erkundige ich mich.

»Ich habe gestern so einen aufblasbaren Pool gekauft«, sagt mein Vater. Deine Mutter meint, dass der etwas überdimensioniert sei«, fügt er zerknirscht hinzu.

»Ein Pool kann nicht zu groß sein«, finde ich und reiße den Karton im Flur einfach auf. Hat sich was mit Umtausch.

Ein paar Minuten später liegt das Teil in unserem Garten. Es ist wirklich riesig. Und dabei ist es noch nicht mal aufgepumpt. Ich hole die Pumpe aus dem Keller und fange an. Fünf Minuten später hat sich die Form noch nicht verändert. Dabei pumpe ich wie ein Wahnsinniger. Ich habe schon drei Mal das Bein gewechselt.

»Papa, kannst du mir nicht mal helfen?«, stöhne ich.

Mein Vater legt die Zeitung weg und steht schnell auf. »Würde ich gerne. Aber ich muss noch arbeiten.«

»Hast du dir irgendein krankes Tier mitgebracht, das

im Kofferraum auf dich wartet – oder was?«, brülle ich rüber.

»Buchhaltung«, sagt er nur.

»Buchhaltung« sagt er immer, wenn er einen Vorwand braucht, um sich zu verkrümeln.

Ich pumpe also weiter. Immerhin kommt nach weiteren zehn Minuten etwas Bewegung ins Spiel. Weil mir so heiß ist, habe ich schon die Badehose angezogen. Die Sonne knallt mir ziemlich auf den Rücken. Ich stelle mir vor, ich sei Anführer einer Gruppe Verschollener. Wir konnten uns bei einem Schiffsunglück ganz knapp ans Land retten. Lange dachten wir, wir wären auf einer unbewohnten Insel. Doch vergangene Nacht sind wir von Eingeborenen überrascht worden. Es sind Kannibalen. Das hat uns der riesige Kochtopf verraten. Wir konnten uns in letzter Sekunde in Sicherheit bringen, doch jetzt steht fest, dass wir so schnell wie möglich von der Insel runtermüssen. Ich habe aus alten Zeltplanen und was weiß ich ein aufblasbares Boot gebaut. Das muss ich jetzt noch aufpumpen. Ich blicke mich um und sehe die anderen ausgemergelt im Schatten sitzen. Alle ihre Hoffnung ruht auf meinen Schultern. Auf meinen brennenden Schultern. Ich beiße die Zähne zusammen. Ich darf nicht aufgeben. Diese Menschen glauben an mich. Ich pumpe weiter. Meine Augen suchen den Horizont ab. Irgendwo dort im tiefen Dschungel lauern die Wilden. Ich habe keine Zeit zu verlieren. Und doch muss ich mir eine kurze Trinkpause gönnen. Ich nehme einen Schluck Wasser aus der Flasche und kippe mir den Rest über den Kopf. Und dann pumpe ich weiter. Das Boot hat sich mittlerweile schon leicht gehoben, und es zeigt sich, dass mein Vater einen Pool gekauft hat, in dem man locker ein Schwimmabzeichen machen kann. Wenn er denn dann mal fertig aufgeblasen ist. Ich habe mich mittlerweile gesetzt und pumpe mit dem Arm. Mir rinnt schon der Schweiß in die Augen. Es brennt. Ich zische mir selber »Gib nicht auf. Denk an die anderen Schiffbrüchigen« zu und fühle mich wie ein Held. Gefühlte zehn Jahrzehnte später bin ich fertig. Von unserem Garten ist nicht mehr sehr viel zu sehen. Überall ist Pool. Mit letzter Kraft hole ich den Gartenschlauch und lasse das Wasser laufen. Ich muss es ewig laufen lassen, bis das Becken ausreichend gefüllt ist. In der Zwischenzeit habe ich mindestens hundertfünfzig Mal bei Jakob geschellt, der anscheinend ausgeflogen ist. Schade, ich hätte gerne etwas vor ihm angegeben. Der Rand unseres Pools ist bestimmt einen Meter hoch. Es gehen wahrscheinlich rund hunderttausend Liter Wasser da rein. Mindestens. Als ich gerade in den Pool steigen will, als also genau der Moment gekommen ist, auf den ich mich seit einer Ewigkeit so freue, passiert es. Ich sehe aus den Augenwinkeln etwas heranfliegen, dann der Schmerz auf meinem Rücken. Ich schreie auf, schleudere herum und sehe Fell gerade noch davonrennen. Wieso hat die keinen Gips mehr? Mein Rücken fühlt sich an wie aufgeschlitzt.

Ich bringe gerade noch ein »MAMA« raus, ehe ich mich auf den Boden fallen lasse.

Sie kommt nach gefühlten drei Stunden aus dem Haus geschlendert.

»Hast du mich gerufen?«

»Ja, verdammt. Guck dir mal meinen Rücken an. Das muss bestimmt genäht werden. Fell hat mich wieder angegriffen«, jammere ich.

»Du hast einen fetten Sonnenbrand«, stellt meine Mutter nach einem kurzen Blick fest.

»Und der riesige Kratzer von dieser bescheuerten Katze?«, brülle ich.

»Soo schlimm sieht es nicht aus. Das heilt von alleine. Aber wieso hast du dich nicht eingecremt? Du bist wirklich feuerrot«, reitet meine Mutter auf dem blöden Sonnenbrand rum.

»Wieso hat dieses Monster keinen Gips mehr? Hättet ihr mir das nicht sagen können, damit ich mir einen Schutzanzug mit Rückenprotektor anziehe?«

»Dann hättest du zumindest auch keinen Sonnenbrand. Papa hat Fell gerade den Gips abgenommen. Ist doch total schön, dass sie wieder richtig laufen kann.«

»Ja, super, dass sie wieder in der Lage ist, mich zu tyrannisieren. Wirklich ganz klasse.«

Ich glaube echt, wenn meine Mutter sich mal entscheiden müsste zwischen mir und dieser Katze, hätte ich ein Problem.

Ich klettere in den Pool und tauche einfach ab. Es ist zwar eiskalt, tut aber unglaublich gut. Außerdem bin ich hier definitiv sicher vor dem Raubtier.

Als ich nach zwei Längen wieder auftauche, steht Jakob vor mir.

»Wau-Wau«, sagt er nur. Ich weiß natürlich, dass er »Wow« meint.

»Los, worauf wartest du? Hol deine Badehose!«, sage ich. Er flitzt rüber und erscheint nach ungefähr dreißig Sekunden wieder. Mit einer perfekten Arschbombe stürzt er sich in die Fluten.

»Der ist ja fast so groß wie ein Hotelpool«, sagt er grinsend.

Ich zucke die Schultern. »Ich war erst einmal in einem richtigen Hotel. Meine Eltern stehen mehr so auf Urlaub auf dem Bauernhof oder in den Bergen oder in einer Steinhütte mitten im italienischen Nichts.« Und dann habe ich *die* Idee. Die *definitive* Scheinwerfer-Idee. Ich starre Jakob an.

»Habe ich irgendwas im Gesicht?«, fragt er irritiert zurück.

»Du wirst Roboter«, sage ich nur.

»Hä?«

»Als wir in diesem Hotel auf so einer griechischen Insel waren, stand da am Strand immer so ein Roboter rum. Also ein Mensch, der so getan hat, als wäre er ein Roboter. Und die Leute haben Unmengen von Kohle in seinen Hut geworfen. Und der hat sich dann immer mit so einer Roboter-Bewegung bedankt. Ich schwöre dir, der hat da fett Geld verdient. Nur durchs Rumstehen.«

»Ich kann aber keinen Roboter«, wirft Jakob ein.

»Dann machst du halt irgendwie was anderes.«

Ich lasse mich ein bisschen auf dem Rücken treiben und überlege.

»Meine Mutter ist Karneval mal als Flamingo gegangen. Also, das wäre auch eine Möglichkeit! Du könntest auf einem Bein stehen. Und wenn jemand Geld gibt, verneigst du dich mit deinem Monsterschnabel«, schlage ich vor.

»Ich kann nicht stundenlang auf einem Bein stehen. Außerdem finde ich Flamingos doof«, kontert Jakob. »Die sind doch so rosa!«

»Was findest du denn gut?«

Er zuckt die Schultern. »Ich fahre gerne mit dem Bike. Aber ich glaube nicht, dass mir irgendjemand Kohle dafür gibt, dass ich mit dem Rad in der City rumstehe-stehe.«

»Wahrscheinlich nicht«, stimme ich zu.

»Was *kannst* du denn gut?«, versuche ich.

»Englisch. Schach.«

»Dann setzt du dich als Schach-Automat in die Fußgängerzone. Jeder, der gegen dich antreten will, muss zehn Euro bezahlen.«

»Vergiss es. Ich bin kein russischer Schach-Guru. Das ist mir zu anstrengend.«

Mir ist es mit Jakob langsam auch zu anstrengend. Ich glaube, der Gute hat den Ernst der Situation nicht erkannt. Mit den paar Kröten, die wir bis jetzt zusammenhaben, kommt der nicht weit. Es geht ja nicht darum, dass er in der Pause mal ein paar Gummibärchen verteilt. Es muss fetter sein. Alle mal ins Kino einladen oder so. Mit Popcorn, Nachos und Cola. Da ist locker ein Hunni weg. Und das Geld für den iPod-Touch haben wir auch noch nicht.

»Dann wirst du eine Mumie«, bestimme ich.

»Du willst mich töten und einbalsamieren?«

Seine Augen sind ziemlich groß.

»Quatsch. Ich wickele dich von oben bis unten mit Verband ein. Fertig.«

»Die Leute werden denken, dass ich einen schlimmen Unfall hatte«, wehrt er sich.

»Umso besser, dann geben sie noch mehr Geld aus Mitleid«, fahre ich ihm über den Mund.

»Wir gehen morgen früh direkt in die Stadt und kaufen ein paar Kilometer Mullbinden, und dann stellst du dich vor Karstadt, und ich packe dich ein.«

»Okay-okay«, gibt sich Jakob geschlagen.

Wir schwimmen noch, bis wir fast schon Schwimmhäute zwischen den Fingern haben.

36.

Am Abend kümmere ich mich mal wieder ein bisschen um Leon. Ich habe aus Pappe Chamäleonfiguren ausgeschnitten und bemale sie jetzt bunt. Er soll sich nicht so einsam fühlen. Ich habe mir überlegt, dass ich die Papp-Chamäleons mit Stäben stabilisiere, sodass die richtig stehen können. Leon soll sich wie auf einer Party fühlen. Nachdem ich ihm schon mal zwei Gäste gebastelt habe, gehe ich ins Bett.

Am nächsten Morgen kaufen wir in einer Apotheke sieben Packungen Mullbinden. Wir beschließen, dass wir es vor McDonalds probieren, und radeln los. Dort angekommen, befehle ich Jakob, sich ganz gerade hinzustellen, und fange an, ihn von unten einzurollen. Erst zappelt er noch ein bisschen. Ich rolle ihn einfach noch ein bisschen fester ein.

Ein älteres Ehepaar kommt vorbei.

»Der hat bestimmt eine Wette verloren«, murmelt der offenbar halb taube Mann seiner Frau lautstark zu.

Ich wickele weiter. Es dauert echt fast eine Viertelstunde, bis ich Jakob komplett eingemullt habe. Ich habe nur ein Loch für den Mund gelassen und vor den Augen ganz dünn gewickelt, sodass er ein bisschen was sehen kann. Er muss ja schließlich mitkriegen, wenn jemand was in unseren Hut tut, damit er sich bedanken kann.

»So, dann bleibst du jetzt hier stehen und bist eine Mumie«, sage ich leise zu ihm.

»Und du? Was machst du?«, kommt es leicht panisch aus der Verpackung.

»Ich gehe jetzt erst mal ein Eis essen«, sage ich fröhlich.

»Das kannst du nicht machen.« Er klingt jetzt echt entsetzt.

»Nein, war ein Scherz. Ich setze mich da hinten auf die Bank und bewache dich.« Ich nehme Platz und warte. Es sind noch ziemlich wenige Menschen unterwegs. Das nächste Mal sollten wir das vielleicht lieber an einem Samstag machen, da ist definitiv mehr los.

Zwei Tussis gehen an mir vorbei, starren Richtung Jakob. Dann prustet die eine los: »Schau mal. Der hat bestimmt ganz schlimme Verbrennungen, und sein letzter Wunsch ist, bei McDonalds etwas zu essen!« Die andere wiehert laut los.

Toller Witz.

Weil ich mich so über die Tussen ärgere, sehe ich den

kleinen Jungen zu spät. Er geht direkt auf Jakob zu und tritt gegen Jakobs Bein. Das alleine ist ja schon gemein genug. Leider kann Jakob gar nicht ausweichen. Seine Füße sind ja zusammen eingewickelt. Erst wackelt er nur, dann trudelt er richtig. Ich springe auf, laufe auf ihn zu. Doch zu spät. Jakob ist kerzengerade umgefallen. Natürlich aufs Gesicht.

Die Mutter des Jungen hat sich nur kurz von der Freundin abgewandt, mit der sie sich unterhalten hat, und sagt: »Lars-Lukas, lass das. Das ist eine Werbefigur. Die darf man nicht einfach treten.«

Ich frage mich, was man in den Augen der Frau denn wohl so alles ansonsten treten darf. Ich finde, außer einem Ball darf man nämlich gar nichts treten.

Ich versuche, Jakob wieder in die Senkrechte zu hieven. Gar nicht so einfach.

»Dieses kleine Arschloch«, zischt es aus dem Mull.

Genau in dem Moment, als Jakob wieder aufrecht steht, kommt so ein McDonalds-Typ heraus und faucht uns an, was wir hier täten.

»Ist das wieder so eine Demonstration gegen Massentierhaltung oder was? Macht euch aus dem Staub, aber ein bisschen schnell.«

»Was denn für Massentierhaltung?«, frage ich noch, aber dieser Mann steht schon bedenklich nahe vor Jakob. Wenn der den nur anstupst, schlägt der wieder lang hin.

»Ist schon gut. Wir sind schon weg«, sage ich schnell.

Mit letzter Kraft kann ich Mumien-Jakob ein paar Meter weitertragen – vor eine Bäckerei. Als ich den Hut vor seine Füße lege, verkündet Jakob, dass er keinen Bock mehr hat.

»Sei still. Wenn du weiter maulst, schreibe ich ein Schild. Darauf steht: Umhauen – fünf Euro. Wäre dir das lieber?«

»Das sieht ja lustig aus«, höre ich plötzlich hinter mir.

Endlich mal jemand, der meine Idee versteht. Ich drehe mich um und stehe vor Freya samt Freundin.

»Wer oder was ist das denn?« Sie zeigt auf die Mumie.

»Das ist Kunst«, erkläre ich.

»Aha. Und was für eine Kunstrichtung genau?«

»Alte ägyptische Mumienkunst«, sage ich einfach.

Sie nickt.

»Aber Mumien stehen sehr selten, oder?«.

»Stimmt. Aber wenn ich diese Mumie hier hinlege, latschen alle darüber.«

Sie nickt wieder.

»Ich wusste gar nicht, dass du dich für Kunst interessierst. Echt cool.«

Und dann zieht ihre Freundin sie weg.

Gott sei Dank.

Was hätte ich darauf auch sagen sollen?

37. 

»Paul«, klingt es hinter mir.

Ich drehe mich zu Jakob um.

»Was ist denn jetzt schon wieder? Du musst still sein, du bist eine Mumie.«

»Ich muss mal.«

»Ich habe dir gesagt, du sollst am Morgen nicht so viel trinken. Warum hast du nicht auf mich gehört?«

»Ich muss kein Pipi.«

»Ach du Scheiße.«

»Genau.«

Fünf Minuten später habe ich den hektischen Jakob ausgerollt und er spurtet Richtung McDonalds-Klo. Wir gönnen uns da auch noch eine Cola und eine Pommes.

»Also. Warum geben Menschen Geld? Weil sie etwas besonders gut finden oder weil sie Mitleid haben, oder?«, frage ich Jakob.

Er nickt kauend.

»Besonders gut fanden sie dich als Mumie also nicht.

Fazit: Wir müssen auf Mitleid machen«, fasse ich zusammen.

Jakob guckt mich mit vollem Mund nur fragend an.

»Meine Mutter hat mal so einem Mann von einem Zirkus mit einem fransigen Pony zwanzig Euro gegeben. Nur aus Mitleid«, erzähle ich ihm.

Jakob verschluckt sich, hustet und sagt dann mit bestimmter Stimme: »Ich verkleide mich nicht als fransiges Pony-Pony.«

Ich starre ihn an. »Natürlich nicht. Aber wir machen auf Mitleid. Das ist der Weg.«

Ich esse noch ein paar Pommes mit viel Ketchup. Dann habe ich es:

»So. Der Plan steht. Du bist ein ganz normaler Junge.«

Da fällt Jakob mir ins Wort. »Super Gag. Ganz normaler Junge-Junge.«

»Ruhe jetzt. Also: Du gehst da so her und plötzlich kippst du um.«

»Warum?«

Ich überlege kurz.

»Du hattest ein Bonbon im Hals, und das hast du aus Versehen verschluckt, und du stehst kurz vorm Erstickungstod.«

»Echt?«

Er sieht mich ganz traurig an.

»NEIN. Natürlich nicht echt. Du tust so.«

»Okay«, atmet er auf.

»Du windest dich also so in der Fußgängerzone. Und dann komme ich. Ich bin ein kleiner schmutziger Betteljunge und ich rette dich.«

»Und dann?«

»Alle anderen Passanten werden jetzt auf den armen Betteljungen aufmerksam und stopfen ihm Geld in die Taschen.«

»Bist du sicher?«

»Hast du eine bessere Idee?«, frage ich ihn ein bisschen beleidigt.

»Jetzt gerade nicht«, gibt Jakob zu.

»Also los.« Ich klopfe ihm auf die Schulter.

Als wir McDonalds verlassen, müssen wir mit ansehen, wie ein paar kleine Kids mit dem teuren Mullverband einen Mülleimer einwickeln. Der Anblick tut fast ein bisschen weh.

»Du kannst hier warten, ich flitze eben nach Hause und verwandele mich in ein runtergekommenes Wesen«, erkläre ich ihm.

In meinem Zimmer werfe ich Shorts und Shirt in die Ecke. Hinten im Kleiderschrank finde ich noch eine Jogginghose mit einem riesigen Loch am Knie. Außerdem ist sie mir zu kurz. Das sieht so richtig bemitleidenswert aus. Dazu streife ich ein geripptes Unterhemd an, das ich noch niemals getragen habe. Ein geripptes Unterhemd! Peinlicher geht es kaum. Aus dem Keller hole ich mir die völlig ausgetretenen Sportschuhe, die meine Mutter aussortiert hat. Ehe ich aufs Rad steige, greife ich einmal kurz in das Blumenbeet und saue mein zu sauberes Unterhemd ein.

Als ich wieder bei Jakob ankomme, hat der den Mund leicht offen stehen.

»Du siehst echt voll asi aus«, urteilt er.

»Perfekt.«

Ich rutsche auf der Bank näher an ihn ran.

»Also pass auf. Du schlenderst jetzt hier so die Fußgängerzone runter. Ich hocke da vorne vor dem Juwelier. Wenn du auf meiner Höhe bist, greifst du dir ganz theatralisch an den Hals und fällst um. Dabei röchelst du ganz komisch.«

Er nickt konzentriert.

»Ich springe dann auf, renne auf dich zu und drücke fest auf deinen Brustkorb. Dadurch wird das Bonbon, an dem zu ersticken drohst, nach oben gedrückt. Dann setzt du dich auf und schreist, so laut du kannst: ›Du hast mir das Leben gerettet‹. Das muss wirklich laut sein, damit alle das mitkriegen.«

»Und dann?«, will Jakob wissen.

»Dann kommen alle an. Die Menschen werden uns umringen. Sie werden sehen, wie arm ich bin und welche Heldentat ich vollbracht habe, und mir Geld zustecken. So einfach.«

»Alles klar.«

Jakob nickt und steht langsam auf. Er geht ein paar Meter die Straße hoch und kommt dann zurück.

»Ich habe gar kein Bonbon-Bonbon«, flüstert er mir zu.

Der kann aber auch echt kompliziert sein.

»Tu einfach so. Oder nimm ein Kaugummi. Hast du ein Kaugummi?«

Er wühlt in seinen Hosentaschen. Befördert schließlich eins ans Tageslicht.

»Steck das in den Mund. Aber sieh zu, dass du das nicht in echt verschluckst. Ich bin nicht wirklich ein Lebensretter«, warne ich ihn.

Er gibt sich einen Ruck und geht wieder die Fußgängerzone hoch. Ich hocke mich vor den Juwelier und halte wie ein Betteljunge einfach die Hände auf. Vielleicht hätte ich mir noch ein Schild malen sollen. Mit »Habe Hunger« oder so etwas. Egal. Aus dem Augenwinkel sehe ich Jakob heranschlendern. Langsamer geht es echt nicht. Man könnte glauben, er sei hypnotisiert worden und schlafwandle durch die Stadt. Als er nach gefühlten hundertsiebzehn Minuten endlich auf meiner Höhe ist, greift er sich total theatralisch an den Hals, als wolle er sich hier in der Öffentlichkeit selber strangulieren, und knallt auf den Boden. Aua. Das tat bestimmt weh. Er gibt Laute von sich wie ein kaputtes Mikrofon. Ich springe auf, will zu ihm rennen. Doch ein alter Mann kommt mir zuvor. Er bleibt vor Jakob stehen, holt eine Wasserflasche aus seiner Einkaufstasche und kippt die Jakob volle Kanne ins Gesicht. Der kommt prustend sofort wieder zu sich.

»Junge, ich kenne das. Das ist die Hitze. Die schafft einen. Aber dass du in deinem Alter schon so anfällig bist … Ts-ts-ts. Mach mal mehr Sport«, sagt der Opa nur und hilft Jakob mit einem gezielten Griff hoch. Völlig verdattert und triefend nass steht der da. »Danke-danke«, sagt er endlich.

»Keine Ursache«, sagt Opa und dreht sich zu mir um. »Und du könntest dich mal waschen. Hier. Kannst das haben.« Er drückt mir die halb volle Wasserflasche in die Hand und geht.

Jakob und ich sehen uns wortlos an.

»Mir reicht es«, brüllt Jakob plötzlich. »Ich habe keinen Bock mehr auf den Scheiß-Scheiß.«

Er dreht sich um und geht. Tropfend.

Ich kann ihn verstehen. Ich hatte mir das auch irgendwie anders vorgestellt.

Schon zu diesem Zeitpunkt hatte sich dieser Tag eindeutig qualifiziert für die Kategorie »Tage, die definitiv unnötig sind«. Doch er war leider noch nicht zu Ende. Eine Stunde später zählte er zu »Tage, die ich meinem Feind nicht wünsche.«

38.

Als ich nach Hause komme, steht das Motorrad von Opa Siegfried und Oma Elfie vor unserer Garage. Wollten die nicht Urlaub machen? Wieso sind die schon wieder auf der Rückreise? Ich treffe sie Kuchen essend mit meiner Mutter auf der Terrasse.

»Da bist du ja endlich«, begrüßt mich Opa Siegfried lautstark und stopft den Kuchenrest von seinem Teller in sich rein.

»Habt ihr auf mich gewartet?«, erkundige ich mich vorsichtig und schnappe mir auch ein Stück.

»Allerdings«, erklärt mir mein Opa. »Weißt du, an der See war tierisch viel los, vor allem so viele Kinder, die echt ziemlich genervt haben. Da ist uns eingefallen, dass wir ja ein eigenes Enkelkind haben, um das wir uns viel zu wenig kümmern – und das kein bisschen nervt.«

Spätestens jetzt wird mir ein bisschen mulmig. Ich möchte eigentlich gar nicht, dass meine Großeltern sich noch mehr um mich kümmern.

»Kannst du dich noch an unseren aufregenden Zelturlaub erinnern?«, fragt mein Opa jetzt und guckt mich erwartungsvoll an.

»Allerdings«, gebe ich zu, und mein Magen fängt allein bei dem Gedanken daran an zu knurren.

»Und genau das werden wir wiederholen. Nur wir beide. Super, was? Oma bleibt hier und kann mit deiner Mutter mal wieder richtig quatschen und shoppen gehen oder was Frauen so lieben. Und wir machen einen Männerurlaub. Es kann ja wohl nicht angehen, dass du in diesen Ferien so gar nichts erlebst!«

Wenn Opa wüsste, was ich schon alles erlebt habe.

»Ich muss eigentlich noch was für die Schule tun«, versuche ich das Übel abzuwehren.

»Was hast du denn für einen Streber als Kind?«, wirft mein Opa meiner Mutter nun vor.

Die zuckt nur ratlos mit den Schultern, und mein Opa wendet sich wieder mir zu: »Wenn du mit mir unterwegs bist, lernst du was fürs Leben. Das ist wichtiger, als für die Schule zu lernen. Basta.«

Mein Schicksal scheint besiegelt. Immerhin habe ich noch eine kleine Idee.

»Wie wäre es, wenn Jakob auch mitkommt? Der war auch noch gar nicht in den Ferien.«

»Klar, warum nicht?«, stimmt Opa sofort zu.

»Aber das Zelt ist doch viel zu klein für drei«, mischt meine Oma sich ein.

»Dann schlafen wir unter freiem Himmel oder bauen uns eine Hütte aus Zweigen. Das ist eh spannender als in so einem Zelt zu liegen. Wir suchen uns eine schöne Stelle unten am See«, bestimmt Opa.

Mit schweren Schritten schleppe ich mich rüber zu Jakob. Der sitzt mit noch feuchten Haaren von dem Wasseranschlag neben seiner Mutter auf der Terrasse und starrt in ein Glas Cola.

»Mein Opa will mit uns in die Wildnis«, teile ich ihm mit und lasse mich auf einen Stuhl fallen.

»In welche Wildnis denn genau?«, erkundigt sich Jakobs Mutter besorgt.

»Er will mit uns unten am See zelten. Allerdings ohne Zelt. Er möchte ein Tipi oder so bauen, in dem wir schlafen sollen.«

Bei dem Wort »Tipi« zuckt Jakob zusammen. Kann ich verstehen. Seine Mutter hat die Stirn kraus gezogen. Meine Chance.

»Mein Opa ist natürlich nicht mehr der Jüngste. Ich habe wirklich Angst, dass er sich da zu viel zumutet. So ganz ungefährlich ist das ja schließlich nicht. Ich könnte wirklich verstehen, wenn Sie Jakob verbieten, mit einem Greis in die Wildnis zu ziehen. Ich selber würde dann natürlich auch nicht mitgehen. Das wäre ja sonst gemein«, erkläre ich ihr.

Sie guckt von mir zu Jakob und wieder zurück.

»Ich denke, wenn deine Eltern das erlauben, kann ich das auch erlauben. Blöd genug, dass ihr beiden in den Ferien nicht verreisen könnt. So eine Nacht am See ist da doch mal eine hübsche Abwechslung«, antwortet sie dann.

Ich ergebe mich meinem Schicksal. Diese Ferien sind einfach der Horror.

39.

Wir starten am nächsten Morgen mit riesigen Rucksäcken Richtung Wildnis und Abenteuer. Wir sehen wirklich so aus, als hätten wir einen Trip ins Himalajagebirge vor uns. Mein Opa hat sich auch noch so ein albernes Tuch um die Stirn gebunden. Natürlich wäre es cooler, mit dem Motorrad loszudüsen. Leider haben wir nur zwei Helme. Und meine Mutter erlaubt es natürlich nicht, dass ich mich helmlos in den Beiwagen setze. Also fahren wir mit dem Bus. Toller Survival-Trip!

An der dritten Haltestelle steigen Timo und Mike ein.

Ausgerechnet!

Timo ist braun gebrannt, er trägt ein Shirt, auf dem fett »CALIFORNIA« steht. Er ist nicht fett und nicht schwabbelig. Leider.

»He, Paulchen, machst du eine Trekkingtour?«, lacht er.

»So ungefähr«, antworte ich ausweichend.

Timo und Mike gucken meinen Opa an und dann

sich. Ich sehe, dass beide es nur mühsam schaffen, sich das Lachen zu verkneifen. Mein Opa schneidet gerade mit einem Taschenmesser einen Apfel in Schnitze.

Natürlich steigen sie mit uns am Seebad aus. Sie kichern und kicken Steine vor sich her. Mike hat schon seine Badeshorts an. Mein Opa pfeift schief ein Lied und marschiert voran. Jakob und ich versuchen mit unseren schweren Rucksäcken Schritt zu halten. Auf Höhe des Seebads sehe ich unsere halbe Klasse auf der Wiese rumliegen. Sie sind alle zurück und mir hat mal wieder keiner Bescheid gesagt! Oliver macht gerade eine Arschbombe. Alle kreischen, als sie nass werden. Gleichzeitig kommt Freya gerade mit ihrem Bikini mit der US-Flagge drauf aus dem Wasser und winkt mir oder uns zu. Natürlich drehen sich fast alle um, um zu sehen, wem sie winkt.

»He, Paul! Willst du auswandern? Da würde ich aber die Autobahn nehmen«, ruft irgendjemand.

Selbst wenn ich nicht so total aus der Puste wäre, ich wüsste nicht, was ich antworten sollte.

Wenn das weiter so läuft, können Jakob und ich morgen im Lotto gewinnen, und es würde nicht reichen. Mürrisch latsche ich weiter.

Als ich ungefähr zehn Meter davon entfernt bin, mich einfach fallen zu lassen, weil ich einen Puls von mindestens vierhundertfünfzig habe, verkündet Opa: »Hier schlagen wir unser Lager auf.«

»Warum hier-hier?«

»Hier können wir im Zweifelsfall auf die Bäume fliehen.«

»Warum verdammt sollten wir fliehen? Wovor?«, frage ich ihn überrascht.

»Ich könnte mir schon vorstellen, dass hier nachts Füchse oder Bären unterwegs sind«, sagt mein Opa allen Ernstes und fängt an, den Boden nach Spuren abzusuchen.

»Füchse-Füchse?«, hallt Jakob nach, und ich sehe, dass in seinem panischen Blick »Ich will nach Hause. Sofort!« steht.

»Vielleicht sogar Wildschweine«, ergänzt mein Opa.

»Mit Schweinen kenne ich mich ja aus«, sage ich schnell, ehe Jakob womöglich brüllend die Flucht antritt.

»Wir sollten auf jeden Fall nachts ein Feuer brennen lassen. Wir wechseln uns alle paar Stunden ab, damit es nicht ausgeht«, schlägt Opa vor.

Ich gucke rüber zum Seebad. Das ist keine zweihundert Meter entfernt. Da ist die Zivilisation. Wie kommt mein Großvater auf die absurde Idee, dass wir uns hier jetzt bereits im Dschungel befinden?

»Wir sollten auf jeden Fall jetzt sofort, ehe es dunkel

wird, mit dem Tipi anfangen«, hetzt uns Opa jetzt. Ich gucke auf die Uhr. Es ist noch nicht mal zwölf Uhr.

Allerdings haben wir zwei Stunden später erst fünf Äste gefunden, die lang genug sind. Es ist ein ziemlich zugiges Tipi, das da wackelig steht.

»Eigentlich müssten zwischen die Äste jetzt Tierhaut«, melde ich mich zu Wort. »Opa, geh doch mal eben eine Kuh erlegen und zieh ihr die Haut ab«, kichere ich.

»So kalt wird es heute Nacht nicht. Außerdem haben wir ja das Feuer. Und für das suchen wir jetzt Holz. Ich lege schon mal einen Steinkreis«, antwortet er nur.

Am Nachmittag haben wir genug Feuerholz zusammen, um bis Weihnachten durchgängig Feuer zu machen. Ich schlage Jakob vor, eine Runde schwimmen zu gehen, und wir springen in den See.

Als wir wieder an Land kommen, hat mein Opa angefangen einen Speer zu schnitzen.

»Das müsst ihr auch machen. Damit können wir Fische aufspießen und nachher grillen. Sonst fällt das Abendessen aus.«

Jakobs Blick ist wieder Panik pur.

»Alles klar, Opi. Wir ziehen uns nur eben um«, sage ich nur und ziehe Jakob zu meinem Rucksack. Während wir uns wieder Shorts und Shirt anziehen, stopfen wir uns eine Schokolade, zwei Brötchen und zwei Salamis in den Mund. Ich habe natürlich vorgesorgt. Es ist ja nicht mein erster Survivaltrip mit Opa. Anschließend setzen wir uns brav ans Ufer und schnitzen.

Leider habe ich Mike zu spät gesehen, um mich noch verstecken zu können. Er ist unter der Absperrung vom Seebad durchgetaucht und schwimmt auf uns zu.

»Übt ihr fürs Dschungelcamp?«, brüllt er. »Oder spielt ihr Räuber und Indianer? So ein armseliges Tipi habe ich allerdings noch nie gesehen.«

»Das ist noch nicht fertig. Du kannst uns gerne helfen«, ruft mein Opa total freundlich.

Mike verschluckt sich erst mal und prustet dann los. »Würde ich ja gerne. Aber ich muss leider noch Minecraft spielen und mir 'ne große Pommes holen.«

Damit taucht er weg.

In ein paar Minuten wird sich das ganze Seebad über uns kaputtlachen.

Während mein Opa sich anschließend ins Wasser stellt und seinen Speer angriffsbereit in der Hand hält, verputzen Jakob und ich noch eine Tüte Gummibärchen.

Immerhin ist mein Opa ein paar Schritte am Ufer hoch und um eine Biegung gegangen, sodass er vom Seebad aus nicht gesehen werden kann.

»Feuer spucken«, sagt Jakob plötzlich.

»Hä?« Spinnt der jetzt total?

»Wenn man von Leuten Geld will, muss man was können. Aber jonglieren ist total schwierig. Und übers

Seil laufen auch-auch. Feuer spucken ist einfach. Du nimmst einfach Benzin oder so etwas in den Mund, hältst dir ein Streichholz an die Lippen und sprühst das Benzin raus. Fertig-fertig.«

Er sieht mich an und wirkt dabei, als würde er das ernst meinen.

»Nein. Das ist definitiv zu gefährlich. Da mache ich nicht mit«, stelle ich fest.

»Jungs, jetzt kommt endlich. Sonst fangen wir nie was«, brüllt mein Opa.

Zum ersten Mal bin ich erleichtert, dass er uns zu diesem Schwachsinn ruft. So muss ich nicht weiter darüber nachdenken, wie ich Jakob von dieser Feuerspuck-Idee abbringen kann.

40.

Um kurz vor sechs stehen wir immer noch im Wasser. Ich habe bis jetzt drei Fische gesehen. Gesehen. Getroffen habe ich keinen. Aber eigentlich bin ich auch ganz froh. Ich will keinen Fisch erstechen. Jakob und ich sind immer mal wieder zu meinem Proviantlager gegangen und haben noch drei Äpfel gegessen.

»Ich glaube einfach, ihr zappelt zu viel rum. Ihr vertreibt die ganzen Fische ja«, meint mein Opa plötzlich und stapft an Land.

»Aber ihr habt Glück: Paul, deine Mutter hat mir für alle Fälle was zu essen mitgegeben. Ihr müsst nicht hungrig in den Schlafsack. Hier sind ein paar Frikadellen und Brote.«

Er setzt sich vor das Tipi. Ich grinse Jakob an.

»Nein, Opa, das kann ich jetzt nicht. Wir hatten vereinbart, dass wir nur essen, was wir auch fangen.«

Mein Opa starrt mich an. Ganz langsam packt er die Brote wieder weg. »Stimmt, Paul. Da hast du wohl recht. Vielleicht finde ich ja ein paar Beeren.«

Jakob und ich hören seinen Magen knurren. Tut ihm mal ganz gut. Er hat eh ein kleines Bäuchlein.

Als wir später am Lagerfeuer sitzen und Opa uns von seinen Reisen erzählt, wird es ganz nett. Mein Opa ist echt viel rumgekommen. Er war in Australien, Grönland, Kanada und sogar mal auf Feuerland. Irgendwann muss ich eingeschlafen sein. Ich habe aber noch gehört, wie mein Opa sich leise an die Dose mit den Frikadellen rangemacht hat. Auf jeden Fall weckt er mich um elf und sagt, dass ich jetzt mit der Feuerwache an der Reihe sei. Das Feuer dürfe auf keinen Fall ausgehen und ich soll um ein Uhr Jakob wecken. Ab drei würde Opa sich dann wieder ums Feuer kümmern. Ich rapple mich auf und hocke mich neben das Tipi.

Ich stelle mir mal wieder vor, ich sei in geheimer Mission unterwegs und müsse diesen alten Mann und den Jungen, die beide entführt und dann von mir befreit worden waren, durch feindliche Reihen in Sicherheit bringen. Überall in der dunklen Nacht würden Angreifer lauern. Offenbar habe ich so lange in die Dunkelheit gestarrt, dass es bei mir selber ganz dunkel wurde. Ich muss wohl eingeschlafen sein. Auf jeden Fall wache ich auf, als es schon hell ist und das Tipi leer. Ganz kurz überlege ich, ob Opa und Jakob wirklich entführt worden sind, da sehe ich Opa.

Und zwar sehe ich mehr Opa, als ich sehen will …

Splitterfasernackt watet er gerade in den See. Über mir knackt irgendwas. Ich gucke nach oben und sehe Jakob im Baum sitzen.

Ganz schnell checke ich das Seebad. Gott sei Dank ist noch niemand da. Wenn das hier irgendjemand mitkriegen würde, den ich kenne, müsste ich in eine andere Stadt ziehen. Mit einem anderen Namen.

»Was machst du da oben?«

»Ich bin aufgewacht und das Feuer war aus-aus. Da bin ich lieber auf den Baum geklettert und habe da oben geschlafen«, erklärt Jakob und steigt langsam runter. Unten angekommen, fängt er sofort an, seine Sachen zusammenzupacken. »Außerdem will ich jetzt nach Hause. Feuer spucken üben«, erklärt er mit fester Stimme.

Mein Opa kommt mit einem »Hach, war das herrlich erfrischend!« aus dem See. Doch dann krümmt er sich plötzlich und verschwindet hinter einem Busch. Als er endlich zurückkommt, sieht er leicht grün im Gesicht aus.

»Alles in Ordnung?«, erkundige ich mich vorsichtig.

»Ich glaube, ich habe mir den Magen verdorben«, antwortet er und verschwindet schon wieder.

»Komisch, du hast doch außer ein paar Beeren gar nichts gegessen«, rufe ich Richtung Busch und muss ein Lachen unterdrücken.

Die Rückreise gestaltet sich etwas schwierig. Wir müssen drei Mal aussteigen, weil mein Opa sich an den unmöglichsten Stellen erleichtern muss. Ein Mal sogar …, ach, Schwamm drüber.

Ich bin echt froh, als wir endlich wieder zu Hause sind.

Erst.

Dann wird mir Knut vorgestellt.

41.

Knut ist ein Hase, weiß mit schwarzen Punkten. Um genau zu sein, ist er ein Widderhase. Seine langen Ohren hängen schlapp runter. Eigentlich niedlich. Leider rennt Knut durch sein Gehege, als sei er eine Flipperkugel. Er sprintet los, kracht volle Kanne gegen das Gitter, fällt um, rennt zur Seite, streift wieder das Gehege, wendet und rennt in die andere Richtung, bis er wieder auf das Gitter stößt oder über seine Ohren stolpert. Zwischendurch macht er nur kurze Pausen, in denen er völlig hektisch Gras, Unkraut und Löwenzahn aus dem Boden reißt.

Meine Mutter, mein Vater und Oma hocken vor dem Gehege und starren das irre Tier an. Von Opa ist in den nächsten Stunden nur die Klospülung zu hören.

»Habt ihr Knut Alkohol gegeben?«, erkundige ich mich vorsichtig.

Die drei schütteln stumm den Kopf.

»Oder ist dieses Knutninchen auf unsere liebe Schmusekatze Fell gestoßen und deswegen so gaga?«

Mein Vater räuspert sich.

»Ich weiß auch nicht genau, was er hat. Er gehört dem Enkel von der Omi gegenüber. Der Junge ist schon total fertig, weil Knut sich natürlich dauernd verletzt. Ich habe ihn jetzt mal genau untersucht. Klar ist, dass Knut blind oder zumindest fast blind ist. Aber warum der so völlig überdreht ist, weiß ich echt auch nicht.«

»Und warum steht der jetzt bei uns, wenn du auch nicht weißt, was Knutninchen hat?«

Mein Bedarf an gestörten Lebewesen ist echt gestillt.

»Die Mutter des Enkels hat so eine komische Theorie. Sie glaubt, dass Knut eine Menschenallergie hat. Und ich soll das irgendwie überprüfen.«

»Ich dachte bis gerade, dass nur Menschen Tierallergien haben können«, wundere ich mich.

»Ich habe ja auch noch nie etwas von einer Menschenallergie gehört, aber Knut dreht nur so durch, wenn jemand in seine Nähe kommt. Wenn der alleine im Garten ist, ist der ganz normal«, erklärt mein Vater.

»Das klingt für mich nach Aufmerksamkeitsdefizitsyndrom. Immer, wenn jemand sich nähert, will Knut auf sich aufmerksam machen.«

Mein Vater guckt mich an, als hätte er eben erst registriert, dass ich auch da bin.

»Paul, das ist gar keine schlechte Idee.«

In dem Moment scheppert es laut. Knut ist mit

Höchstgeschwindigkeit gegen das Gitter geknallt und liegt fiepend auf dem Rücken. Er tut mir so leid. Er sieht nichts oder fast nichts und hat trotzdem das Bedürfnis, durch Sprints auf sich aufmerksam zu machen.

»Und wenn der Enkel ihn einfach aussetzt? Da kann er rennen und rennen«, schlage ich vor. »Da ist höchstens mal ein Baum im Weg.«

»Oder ein Raubvogel oder eine Straße oder ein Fuchs oder ein Bach. Nein, das ist viel zu gefährlich für Knut«, antwortet mein Vater traurig. Er weiß offenbar auch nicht weiter.

»Wie war eigentlich der Ausflug mit Opa?«, will meine Oma plötzlich wissen. »Warum geht es ihm so schlecht?«

»Vielleicht sind ihm die Grillen nicht bekommen oder die flambierten Regenwürmer. Ansonsten war es megacool. Wir haben uns ein Wahnsinns-Tipi gebaut mit Kuhhaut. Dann haben wir uns Speere geschnitzt und mal eben fünf Forellen aufgespießt. Die haben wir ausgenommen und mit Wildkräutern gefüllt und ins Feuer gehalten. Super lecker. Als Jakob dann von einem riesigen Greifvogel angegriffen wurde, konnte Opa den so gerade noch mit einer Fackel vertreiben. Ein bisschen gefährlich wurde es allerdings, als ich schwimmen gegangen bin und in diesen Sog geriet. Opa hat sich mit einem Seil an einer Wurzel festgebunden und ist hinter mir hergetaucht. In letzter Sekunde konnte er mich dem tödlichen Strudel entreißen. Ach ja, und da waren diese Typen, die unsere Handys und unser Geld haben wollten. Die hatten ziemlich lange Messer in der Hand. Opa hat die nur angeguckt und gesagt: ›Ihr seid keine Gegner. Ihr seid nur Opfer.‹ Die Typen sind dann einfach abgehauen.«

Sie guckt mich an.

»Das Übliche also«, sagt sie nur.

Ich nicke.

»Was ist denn das für ein Lärm?« Jakob guckt über den Gartenzaun. Es scheppert halt ziemlich, wenn Knut sich gegen das Metallgitter wirft.

»Ist der auf Ecstasy?«, will Jakob wissen.

»Nö. Hat nur ADHS, will sich wichtig machen. Quasi ein Pausenclown. Leider pausenlos«, antworte ich ihm.

Jakob klettert über den Zaun. Knut rennt frontal in die Ecke und bleibt kurz liegen.

»In der Formel 1 stehen in den Kurven immer so Reifenstapel«, sagt Jakob plötzlich.

»Und? Sollen wir jetzt Reifen in Knuts Käfig legen? Dann rennt er vor die Reifen. Ich glaube nicht, dass ihm das hilft.«

»Die sind da zum Abbremsen. So etwas bräuchten wir auch für Knut«, findet Jakob.

Ich gucke ihn an. Gar keine schlechte Idee. Es wäre

doch schon besser, wenn er gegen was Weiches rennen würde.

»Schaumstoff! Wir haben noch ganz viel im Keller«, fällt mir ein. Wir springen auf und stürmen in den Keller. Eine halbe Stunde später haben wir vier Bahnen zurechtgeschnitten. Wir befestigen sie mit Nylonband von innen an den Wänden. Jakob hält den Schaumstoff fest und ich wickele das Band drum herum. Knut haben wir so lange in einen alten Hamsterkäfig gesperrt. Der ist natürlich viel zu klein und das Kaninchen bringt mit seinen ADHS-Schüben das ganze Teil zum Wackeln. Endlich können wir ihn wieder in seinen großen Käfig setzen. Er rennt sofort los und landet im Schaumstoff. Ich finde, er sieht wirklich erstaunt aus. Und erfreut.

»Heute Abend fange ich an zu üben«, flüstert Jakob plötzlich.

Ich gucke ihn verständnislos an.

»Feuerspucken. Und du musst mir dabei helfen.«

»Was soll ich machen? Die Feuerwehr schon mal im Vorfeld anrufen?«

»Quatsch. Aber du könntest dich mit einem Eimer Wasser danebenstellen. Nur für den Notfall. Und nur so lange, bis ich es richtig kann.«

»Das mache ich auf gar keinen Fall. Und du machst das auch nicht«, bestimme ich.

Ich sehe seinen verzweifelten Blick.

»Aber das ist meine letzte Chance. Wenn ich dich erinnern darf: Nächste Woche fängt die Schule an. Ich habe nicht mehr viel Zeit, um an Kohle zu kommen. Sonst hat sich unsere Mission in Luft aufgelöst.« Er guckt mich bittend an. »Heute Abend?«

Ich nicke langsam und meine Gedanken rattern. Ich muss ihm helfen. Ich brauche ganz dringend eine bessere Idee. Oder zumindest eine andere.

Später, nach dem Abendessen, rufe ich Jakob an und behaupte, dass ich krank sei. Ich hätte schon zwei Mal gekotzt. Immerhin verspricht er mir, dass er nicht alleine üben will. Weil meine Mutter vergessen hat, dass ich heute schon am iPad war, darf ich es mir noch mal schnappen und in aller Ruhe googeln, was ich suche.

42.

Mitten in der Nacht wache ich auf. Mit ist tierisch heiß. Ich mache das Fenster auf und sofort springt Knut wieder auf und spurtet los.

Das muss doch der totale Stress für ihn sein. Kaum hört er irgendwas, dreht er durch. Er tut mir echt leid.

Ich lege mich wieder hin und bin ungefähr fünf Sekunden vorm Einschlafen entfernt, als ich die Idee habe, wie ich Knut helfen kann. Immer, wenn er was hört, bekommt er seine Anfälle. Also darf er einfach nicht mehr so viel hören. Er braucht einen Gehörschutz.

Bis drei Uhr morgens bastele ich. Ich habe eine dicke Büroklammer auseinandergebogen und die Enden mit Klebeband stumpf gemacht. Dann habe ich zehn so runde Wattedinger genommen, mit denen meine Mutter immer ihr Gesicht bearbeitet, und habe die zu zwei Packen zusammengebunden. Dann musste ich nur noch die Büroklammerenden durch die Wattekissen stecken und ich hielt den perfekten Kaninchen-Gehörschutz-Kopfhörer in der Hand.

Als meine Mutter mich weckt, halte ich ihr sofort das Wunderwerk hin.

»Guck mal. Für Knut.«

Die starrt den Kopfhörer an.

»Willst du ihm damit die neuesten Hasen-Hits vorspielen oder was?«

»Mama! Das ist doch kein echter Kopfhörer. Das ist ein Gehörschutz, wie ihn Bauarbeiter tragen. Damit er nicht mehr Amok läuft, sobald er Menschen hört. Das ist doch genial, oder?«

Sie grinst leicht und hält den Daumen hoch.

Knut hat wenig Verständnis dafür, dass Jakob und ich ihm ein Ding auf den Kopf setzen wollen. Er rast wie ein Irrer durch den Käfig.

»Rückzug. Das hat so keinen Sinn«, befehle ich Jakob.

»Also. Wann hält dieses Kaninchen still? Wenn er frisst, oder?«, stelle ich fest.

Ich gehe ins Haus, schnappe mir das Telefon und rufe die Omi aus der Nachbarschaft an. Als sie sich meldet, frage ich direkt: »Was frisst Knut am allerallerliebsten?«

Die alte Dame räuspert sich und sagt dann: »Knäckebrot mit guter Butter.«

Ich frage mich kurz, ob es auch »schlechte Butter« gibt, und flitze dann in die Küche. Hoffentlich nimmt das Vieh auch Bio-Knäcke vom Ökobäcker. Mit dem

Brot und Jakob nähere ich mich Knut. Er nimmt sofort Witterung auf. Ganz langsam geht Knut auf das Knäckebrot zu. Dann nimmt er es tatsächlich zwischen seine Vorderpfoten – als wäre er ein Eichhörnchen – und fängt an daran zu lecken. Denkt er vielleicht wirklich, dass er ein Eichhörnchen ist? Springt er deswegen so rum? Egal. Ich muss den Moment nutzen. Ganz langsam gehe ich von hinten an Knut ran. Er schleckt weiter. Ich halte den Kopfhörer über seinen Kopf und passe einen Moment ab, in dem er den Kopf hebt.

Peng.

Der Kopfhörer sitzt. Perfekt auf beiden Ohren. Die werden nun fest an den Kopf gedrückt und lassen keinen Ton mehr rein.

Knut hüpft erst einen halben Meter hoch. Er landet wieder. Und macht nichts weiter. Er versucht nicht, sich das Ding vom Kopf zu reißen. Er sprintet nicht los. Er dreht sich nicht im Kreis. Er sitzt da einfach nur und guckt in der Gegend rum.

Na ja, nicht wirklich. Immerhin ist er halb blind und wird nicht viel von der Gegend sehen. Aber es sieht so aus. Knut sieht aus wie ein friedliches, glückliches Kaninchen.

Ich gehe zu Jakob und halte die Hand hoch. Er schlägt ab und sieht nur fast so glücklich aus wie Knut.

43. 

»Ich habe überlegt. Du musst mir helfen. Bitte!«, sagt er nach einer Pause.

»Womit soll ich dir helfen?«

»Beim Feuerspucken. Ich muss es einfach versuchen. Ich muss das Risiko eingehen«, antwortet er ganz kläglich.

Ich verdrehe die Augen.

»Ich habe die ganze Nacht in der Dusche geübt, Wasser in ganz feinem Regen zu spucken-spucken. Bitte!«

Ich überlege.

»Okay. Das musst du mir erst mal zeigen. Also?«

»Bei uns im Bad geht es nicht. Ich habe heute Nacht alles unter Wasser gesetzt, meine Mutter hat einen Anfall gekriegt, und ich durfte aufwischen!«

»Dann im Garten!«, sage ich ungeduldig.

»Äh«, sagt Jakob, »ich würde das gerne geheim trainieren. Auch wenn ich vorerst nur mit Wasser übe, könnte das meine Mutter trotzdem auf den richtigen Pfad bringen … Die würde ausflippen.«

»Du hast recht«, sagte ich. »Bei uns ist es dann auch nicht so günstig.« Ich überlege: »Wir treffen uns um drei Uhr am kleinen Wanderparkplatz am Waldrand.«

Er nickt begeistert.

Jakob ist natürlich schon da, als ich um drei Uhr komme. Vor ihm steht eine Plastikflasche.

»Gib mir mal dein Handy«, fordere ich ihn auf.

Er guckt mich fragend an, reicht es mir aber rüber. Ich wähle die Nummer, die ich extra auswendig gelernt habe. Marek meldet sich sofort. Ich habe ihn im Internet über eine Zirkusschule gefunden und ihm gestern schon das ganze Problem geschildert. Marek ist fast ausgeflippt, als er von Jakobs Plänen hörte. Feuerspucken kann man sich nicht selbst beibringen. Das ist supergefährlich! Er selber kennt einen erfahrenen Feuerspucker, der nur ganz wenig von diesem Brennfluid in die Lunge bekommen hat. Dessen halbe Lunge ist verätzt. Das heilt nie wieder.

»Hey Marek. Ich geb dir jetzt mal den Jakob«, sage ich nur und reiche Jakob sein Handy.

Es ist ein ziemlich einseitiges Gespräch. Jakob nickt oft, sein Blick wird immer trauriger. Irgendwann sagt er leise: »Danke, Marek. Das war wohl wirklich eine total doofe Idee-Idee.« Er legt auf und wirft die offene Wasserflasche weg. Er legt sich neben mich und starrt in den Sommerhimmel.

Weil wir liegen, sehen wir Freya erst im letzten Moment. Sie joggt direkt auf uns zu.

»He, ihr! Chillt ihr hier? Ungewöhnlicher Ort«, lacht sie und joggt auf der Stelle bleibend weiter.

»He Freya«, sage ich nur und stehe langsam auf.

Sie zeigt auf die Flasche. »Was ist das? Alk?«

Sie guckt ein bisschen skeptisch.

»Nein, Jakob ist Feuerspucker«, sage ich ganz ruhig. »Wir haben hier trainiert.«

»Echt? Krass. Kannst du mal so ein bisschen Feuer spucken?« Sie guckt Jakob richtig bewundernd an.

Ich zeige auf die Flasche.

»Das Feuerwasser ist leider leer«, erkläre ich ihr.

»Schade. Bis Montag«, sagt sie mit einem Blick auf die Uhr und sprintet wieder los.

Den ganzen Sonntag verbringe ich damit, die Mind-Machine-Zentrale aufzuräumen. Die ganzen weißen Zettel ohne Idee stopfe ich in den Müll. Vorsichtig nehme ich unsere Kasse in die Hand. Dreihundertsiebzig Euro haben wir eingenommen. Nicht wenig eigentlich. Aber viel zu wenig für die Mission Scheinwerfer.

Für Chips, Cola, Kino, coole Klamotten und alles hätten wir mindestens tausend gebraucht. In meinem Zimmer krame ich die Schulsachen wieder raus, finde in meinem Schulrucksack einen verschimmelten Apfel, der den Sommer da wohl verbracht hat. Mist. Die Hausaufgabe fällt mir wieder ein. Dieser blöde Aufsatz. Ich schnappe mir einen Stift und ein Heft.

DIE SCHLIMMSTEN FERIENERLEBNISSE,
DIE ICH LEIDER DOCH HATTE.

Und dann schreibe ich mir alles von der Seele. Dass wir nicht in den Urlaub gefahren sind, weil mein Vater eine Vorliebe für durchgeknallte Tiere hat und wir diesen Irrenhaus-Zoo beaufsichtigen müssen. Dass ich auf einem Schwein reiten musste, das mich nicht nur abgeworfen, sondern auch gleich sich selbst noch auf mich geworfen hat. Mir wird jetzt beim Aufschreiben erst klar, wie knapp ich dem Tod durch Erdrücken entronnen bin. Dann die lebensgefährliche Situation auf mindestens siebzehn Meter Höhe, als der Ast beim Klettern brach und ich stundenlang im Baum hing und nicht runterkonnte. Ich schmücke aus, wie ich dort oben fast verdurstet wäre. Dann schildere ich den täglichen Kampf mit der hinterlistigen Katze Fell, die bei meinen Eltern verschmust tut und mich mit ihren Mörderkrallen traktiert. Und schließlich die furchtbare Nacht, in der wir zwei hysterische Zwillingsmädel beherbergen mussten und ich ausgerechnet von Mike dabei erwischt wurde, wie ich mit kleinen Mädchen »Mensch ärgere dich nicht!« spiele. Das war die größte Schmach dieses Sommers und wurde nur noch davon getoppt, dass meine Mind-Machine-Zentrale am nächsten Tag in Pink getaucht war. Uff, ich atme kurz durch, bis ich hinzufüge, dass die kompletten Ferien zu allem Übel auch noch von den Schimpfwörtern eines beknackten Papageis begleitet waren, der auch noch einen Echo-Sprachfehler hat.

Ach ja, und dann fällt mir noch die Sache mit dem kleinen Barbiemädchen ein, das mich und Jakob bei ihren Eltern als Entführer angeschwärzt hat. Dann der Nerd im Krankenhaus, der dafür bezahlt hat, dass wir verschwinden, und schließlich die Horde Kleinkinder, die unseren astreinen Indianerüberfall vereitelt hat.

Ich will das Heft schon zuklappen, als mir noch was einfällt: »Und ich habe Jakob kennengelernt. Das war richtig gut.«

Am Nachmittag verziehe ich mich in mein Baumhaus.

Als es irgendwann zu wackeln anfängt, weil jemand die Leiter hochklettert, weiß ich sofort, dass es Jakob ist.

Ich sehe ihm an, dass er ähnlich schlechte Laune hat wie ich.

»Du musst morgen nicht so tun, als wärst du mein Freund-Freund«, sagt er nach ewigen Zeiten.

»Ich tue auch nicht so, als wäre ich dein Freund«, antworte ich wütend.

»Dann ist ja gut-gut.«

Er sieht nicht so aus, als wäre es gut-gut.

»Hör mal, was denkst du denn? Ich tue natürlich nicht so, als wäre ich dein Freund. Ich *bin* dein Freund. Es wird morgen ätzend. Übermorgen auch. Aber irgendwann wird es weniger ätzend. Sicher.«

Er guckt mich mit großen Augen an und lächelt ein ganz klein bisschen. »Okay«, bringt er endlich raus. In seinen Augen schimmert es verdächtig.

»Was machen wir eigentlich mit unserem Geld? Immerhin fast vierhundert haben wir eingenommen«, lenke ich ihn ab.

Jakob schweigt.

»Ich könnte meiner Mutter einen Kochkursus spendieren«, grinse ich.

»Ich hätte so gerne einen Hund« sagt Jakob plötzlich leise.

»Du kennst Fell und Piggy und Leon und alle und willst trotzdem ein Haustier?«

Ich fasse es nicht.

»Ich wollte schon immer einen Hund. Einen wuscheligen. Der sich freut, wenn ich von der Schule komme. Der vor meinem Bett schläft. Der einfach da ist.«

»Und wo ist das Problem?«

»Meine Mutter. Ich habe ihr schriftlich geschworen, dass ich täglich mit dem Hund Gassi gehe. Aber sie sagt, ein Hund wäre zu teuer. Der würde nur Unmengen von Futter verschlingen, und dann müsste der dauernd zum Tierarzt, und das würde richtig viel Geld kosten.«

»Warte hier«, sage ich nur und bin schon die Leiter runter.

Zehn Minuten später sitze ich wieder vor ihm.

»Alles geklärt. Mein Vater übernimmt die medizinische Versorgung kostenlos, und für dreihundertsiebzig Euro bekommst du wohl reichlich Frolic, oder?«

»Du würdest mir das ganze Geld geben?«, fragt er ungläubig.

»Klar. Vielleicht schafft dein Hund es ja, Fell mal ein bisschen Respekt einzubläuen. Das ist es mir wert.«

44.

Ich könnte wetten, dass Jakob genauso schlecht geschlafen hat wie ich. Ab halb acht stehe ich vor seiner Haustür, damit klar ist, dass wir natürlich zusammen gehen. Während wir schweigend nebeneinander hertrotten, knetet Jakob wie verrückt seinen Ball.

Auf dem Schulhof empfängt uns das übliche Erster-Schultag-Gewimmel und Geschrei. Die Mädchen fallend sich kreischend in die Arme, vergleichen ihre Bräune und ihre neuen Klamotten. Mike kommt von hinten, schlägt mir mit aller Wucht auf die Schulter.

»Hi, Alter. Auch wieder da?«

Was soll ich darauf antworten?

Neben der Eingangstür ist ein besonderes Gewühl. Als gäbe es da was umsonst. Ein Kurzer kommt aus dem Gemenge und hält irgendwas hoch. »Guckt mal, ich habe auch einen bekommen«, schreit er.

Wir nähern uns vorsichtig. Und wer steht mittendrin? Marvin. Der kleine Nerd aus dem Krankenhaus mit den dünnen Ärmchen und der riesigen Brille.

Strahlend verteilt er USB-Sticks in Form eines kleinen iPhones.

»Das Spiel darauf habe ich selber entworfen. Mit einem Kumpel aus den Staaten. Ist echt cool geworden«, wirbt er und verteilt weiter.

War das hier nicht unsere Masche?

Da hat uns jemand unsere Masche geklaut!

Ein Loser, der sich mit Geschenken einschleimt.

Jakob und ich gucken uns nur kurz an und gehen rein. Als endlich alle in unserem Klassenraum angekommen sind, empfängt uns ein bestens gelaunter Herr Lange.

»So, schön, dass es alle gefunden haben. Sogar zwei Schüler mehr als im vergangenen Jahr.«

Er zeigt auf Jakob und auf Marvin. Der ist also auch in unserer Klasse – das sehe ich jetzt erst. Und dass er ein Original-Bayern-München-Trikot mit Schweinsteigers Unterschrift hat. Dafür alleine würden einige in meiner Klasse ihre Mutter eintauschen.

»Das sind Jakob Gerstner und Marvin Traut, die jetzt auf unsere schöne Schule gehen. Und damit werden sie gleich von einer Neuerung profitieren.«

Herr Lange macht eine wichtigtuerische Pause.

»Weil mir im vergangenen Jahr das ganze Geschwätze und Getuschel in den Schulstunden ziemlich auf den Keks gegangen ist, wird es eine besondere Sitzordnung geben. Es werden jeweils ein Junge und Mädchen nebeneinandersitzen. Untersuchungen haben gezeigt, dass dann weniger getuschelt wird und Schüler und Schülerinnen respektvoller miteinander umgehen.«

Die letzten Worte sind kaum noch zu verstehen, weil natürlich alle buhen.

Jeder Junge muss neben einem Mädchen sitzen? Das ist doch Horror pur!

»Stopp«, ruft der Lange plötzlich. »Ich werde jetzt Paare bilden, aber ich merke gerade, dass das nicht aufgeht … Egal. Paul, du setzt dich neben Marvin hier vorne hin.«

Ich sehe die empörten Gesichter meiner Mitschüler. Neben Marvin hätte jeder gerne gesessen! Unter neidischen Blicken lassen Marvin und ich uns in die Bank fallen.

»Heute bin ich sogar kostenlos dein Freund«, sage ich und grinse.

Marvin ist seit zehn Minuten an dieser Schule und schon ganz dick drin. Nicht schlecht.

Herr Lange macht weiter mit der Sitzordnung. »Freya, du darfst anfangen. Neben wem möchtest du sitzen?«

Freya lässt kurz den Blick schweifen. Er wandert von einem zum anderen. Es ist sehr ruhig geworden. Wenn schon nicht neben Marvin, dann will man wenigstens neben Freya sitzen. Der wunderbaren, netten, gut aussehenden Freya. Und wen sucht die sich aus?

»Ich möchte neben Jakob sitzen«, sagt sie und lächelt ihn an. Alle ziehen die Luft ein.

Ich kann es nicht fassen.

Freya will neben Jakob sitzen!

Wir hätten uns das alles sparen können! Die blöde Miet-Freunde-Aktion. Diesen Indianer-Albtraum-Geburtstag. Den Mumien-Mist. Ich hätte verdammt noch mal *nicht* auf Piggy reiten müssen.

Jakob ist von Freya geadelt worden.

Er hat eine Wildcard.

Das ist ein Ritterschlag.

Er wird ab sofort auf jede Party eingeladen.

Klar, alle werden ihn ein bisschen komisch finden. Vielleicht sogar doof. Aber keiner wird sich trauen, sich über ihn lustig zu machen. Er steht unter Freyas persönlichem Schutz. Das ist wie ein Allheilmittel.

Freya und Jakob setzen sich direkt hinter uns. Jakob beugt sich vor und wir geben uns fünf. Daraufhin dreht Marvin sich zu Jakob um. »Hast du ihn auch bezahlt, damit er dein Freund wird?«

Jakob sieht mich kurz an und zwinkert mir zu.

»Nein. Wir sind Freunde-Freunde«, sagt er. Dann grinst er übers ganze Gesicht und fügt hinzu: »Und zwar echte-echte.«

»Ich möchte neben Jakob sitzen«, sagt sie und lächelt ihn an. Alle ziehen die Luft ein.

Ich kann es nicht fassen.

Freya will neben Jakob sitzen!

Wir hätten uns das alles sparen können! Die blöde Miet-Freunde-Aktion. Diesen Indianer-Albtraum-Geburtstag. Den Mumien-Mist. Ich hätte verdammt noch mal *nicht* auf Piggy reiten müssen.

Jakob ist von Freya geadelt worden.

Er hat eine Wildcard.

Das ist ein Ritterschlag.

Er wird ab sofort auf jede Party eingeladen.

Klar, alle werden ihn ein bisschen komisch finden. Vielleicht sogar doof. Aber keiner wird sich trauen, sich über ihn lustig zu machen. Er steht unter Freyas persönlichem Schutz. Das ist wie ein Allheilmittel.

Freya und Jakob setzen sich direkt hinter uns. Jakob beugt sich vor und wir geben uns fünf. Daraufhin dreht Marvin sich zu Jakob um. »Hast du ihn auch bezahlt, damit er dein Freund wird?«

Jakob sieht mich kurz an und zwinkert mir zu.

»Nein. Wir sind Freunde-Freunde«, sagt er. Dann grinst er übers ganze Gesicht und fügt hinzu: »Und zwar echte-echte.«

© Sandra Sonderegger

Birgit Schlieper, geboren 1968 in Iserlohn, hat Amerikanistik, Romanistik und Anglistik studiert, ihr Studium aber abgebrochen, als ihr ein Zeitungsvolontariat angeboten wurde. Seitdem schreibt sie unaufhörlich: von Einkaufszetteln und Post-its über Reportagen bis zum Tagebuch und Gedichten, für Nachrichtenagenturen, die SZ, in Lehrbüchern für den Deutschunterricht – und für cbt. Mehr zur Autorin unter www.birgitschlieper.de

Von Birgit Schlieper sind bereits bei cbt erschienen:

Immer tiefer (30368)
Herzenssucht (30446)
Angstspiel (16084)
Eisseele (16132)
Böser Traum (16258)
Trau. Mir. Nicht. (16305)